로크미디어가
유혹하는
재미있는 세상

ROK
로크미디어

천외천의 주인 25

2022년 7월 7일 초판 1쇄 인쇄
2022년 7월 12일 초판 1쇄 발행

지은이 한수오
발행인 김정수 강준규

기획 이기헌 왕소현 박경무 강민구 조익현
책임편집 오영란
마케팅지원 이원선

발행처 (주)로크미디어
출판등록 2003년 3월 24일
주소 서울시 마포구 성암로 330 DMC첨단산업센터 318호
Tel (02)3273-5135 편집 070-7863-8596 Fax (02)3273-5134
홈페이지 rokmedia.com E-mail rokmedia@empas.com

ⓒ 한수오, 2020

값 8,000원

ISBN 979-11-354-7445-3 (25권)
ISBN 979-11-354-8621-0 04810 (세트)

ROK
MEDIA
로크미디어

한수오 신무협 장편소설

25

천외천의 주인

| 구천십지 九天十地 |

차례

사신사도死神死道 (1)

"설 공자?"

백천승은 전장의 한복판에서 백팔사도의 하나인 비천마검(飛天魔劍)을 상대로 악전고투하고 있다가 정신이 번쩍 들도록 웅혼한 장소성, 용의 울부짖음 같은 사자후와 함께 눈부신 광체를 발산하며 전장의 하늘을 가로지르는 설무백을 보았고, 이내 알아볼 수 있었다.

순간의 반응이긴 하나, 엄연히 살아남기에도 급급할 정도로 감당하기 어려운 강적을 상대하는 와중에 한눈을 파는 실수를 저지른 것이다.

그런데 다행스럽게도 비천마검이 그 틈을 노리지 않았다. 아니, 노리지 않은 것이 아니라 노릴 수 없었던 것이었다.

그도 엄청난 장소성을 내지르며 유성처럼 등장한 설무백의 존재감에 눈이 팔렸기 때문이다.

백천승은 그 순간을 놓치지 않고 고함을 질러서 수하들을 독려했다.

"지원군이 도착했다! 모두 힘을 내서 적을 처라!"

비천마검의 안색이 변했다.

가뜩이나 전장을 가로지르는 설무백의 방향이 천사교의 후미 쪽이라 거슬리는 판인데, 지원군이라는 백천승의 말까지 들었기 때문이다.

천사교의 진영 후미에는 그의 직속상관이자, 이번 작전의 수장인 백사신군이 있었다.

찰나지간, 그는 지상을 박차고 날아오르며 소리쳤다.

"주승(朱勝), 저 늙은이는 네 몫이다!"

백천승은 반사적으로 비천마검의 뒤를 따르려고 했다.

자신이 비천마검의 적수로 많이 부족하다는 사실은 익히 알고 있지만, 어떻게든 설무백의 앞을 막게 하고 싶지 않았던 것이다.

그러나 그는 비천마검의 뒤를 따라갈 수가 없었다.

비천마검의 명령과 동시에 양손에 사슬로 연결된 낫을 치켜들어서 마치 사마귀처럼 보이는 적발의 사내가 떨어져 내려서 그의 전면을 막아섰기 때문이다.

비천마검의 명령을 받고 나선 천사교의 초혼사자, 혈당랑(血

螳螂) 주승이 바로 그였던 것이다.

"하긴, 건방지게 지금 누가 누굴 걱정하고 자빠진 거야?"

백천승은 스스로의 반응에 코웃음을 치고는 앞을 가로막고 나선 주승을 향해 태세를 갖추었다.

돌이켜 보니 우습기 짝이 없었다.

그가 아는 한 작금의 천하에서 설무백에게 위해를 가할 수 있는 사람은 없었다.

있어도 없었다.

설무백은 그가 모시는 장강의 주인 하백을 능가한 무인이기 때문이다.

그런 생각으로 마음을 다잡고 태세를 갖추는 백천승의 시야로 급격히 무너지는 천사교의 진영이 들어왔다.

호리병처럼 유일한 출구를 틀어막고 있는 진영인 천사교의 좌측과 우측이 동시에 무너지고 있었다.

워낙 급격한 무너짐이라 마치 파도에 휩쓸린 모래성처럼 보이는 광경이었다.

본의 아니게 얼빠진 모습으로 그 광경을 살펴보던 백천승은 한순간 거짓말처럼 반색했다.

무너지고 있는 천사교의 진영 한쪽에서 낯익은 얼굴의 사내 하나가 그의 눈에 들어왔기 때문이다.

양떼 우리에 뛰어든 한 마리 야수처럼 천사교의 진영을 헤집고 있는 그 사내는 바로 생사집혼 공야무륵이었다.

"너희들은 이제 다 죽었어!"

백천승은 몸서리치도록 신나서 소리치며 손을 휘둘렀다.

그의 수중에 들린 무풍마간이 전에 없이 신랄한 춤사위를 펼치며 폭풍 같은 기세를 일으키고 있었다.

"뭐야, 저놈은?"

백사신군은 용의 울부짖음처럼 쩌렁쩌렁 울리는 사자후를 내지르며 전장을 가로질러서 날아오는 설무백을 발견하는 순간, 절로 경각심이 차올랐다.

목소리에 내공을 불어넣어서 길게 소리치는 장소성인 사자후는 기실 상승의 경지에 오른 무공을 가늠할 수 있는 척도가 될 수도 있었다.

기본적으로 심후한 내공이 없으면 불가능하기 때문이다.

실례로 강호 무림에는 일류 고수로 분류되는 사람이 황하의 모래알처럼 많다고 하지만, 그중에서 사자후를 발휘할 수 있는 사람은 극히 드물었다.

그나마 일류를 넘어서는 초일류 고수나 특급 고수의 반열에 올라서야 비로소 어설프게나마 흉내라도 낼 수 있는 경지가 바로 사자후인 것이다.

그런데 지금 설무백이 펼치는 사자후는 완벽했다.

웅혼한 기운이 묵직하게 가슴을 울리며 장내를, 즉 반경 백여 장이나 되는 전장을 압도했다.

하물며 어떤 신공을 발휘하는 것인지는 모르겠으나, 지금 설무백이 펼치는 사자후에는 적에게는, 바로 천사교의 무사들에게는 심적인 부담을 주고, 아군인 장강의 무리에게는 사기를 드높여 주는 기운이 서려 있었다.

이건 실로 조화지경(造化之境)에 달한 내공의 화후가 아니라면 절대 가능하지 않는 경지인 것인데, 백사신군은 적어도 그 정도는 능히 간파할 수 있는 수준의 고수인 것이다.

'게다가 저놈은 그런 사자후를 펼치면서 백여 장의 거리를 단 한 번의 도약도 없이 날아오고 있다!'

백사신군은 찬물을 뒤집어쓴 것처럼 정신이 번쩍 들며 가슴이 뛰었다.

두려움이나 공포 따위가 아니었다.

참으로 오랜만에 느껴 보는 호승심이었다.

그런데 그때 호승심으로 불타는 그의 감정을 다시금 전혀 다른 방향으로 돌려 버리는 사태가 벌어졌다.

"으악!"

"크아악!"

전방, 아직 싸움에 가담하지 않은 천사교의 진영 허리에 해당하는 좌우에서 느닷없이 찢어지는 비명이 동시다발적으로 터졌다.

저 멀리서 날아온 설무백이 지나친 천사교의 진영이었다.

허리에 해당하는 진영의 좌우가 속절없이 무너지기 시작했다.

다수의 적이 기습한 것도 아니었다.

천사교는 이미 장강 진영의 빠져나갈 수 있는 사방에 매복을 깔아 두었기 때문에 절대 그런 일이 벌어질 수 없었다.

그런데 난데없이 나타난 적이, 그것도 고작 한두 명이 아군의 진영을 무력화시키고 있었다.

압도적인 무력의 차이로 인해 벌어지는 사태였다.

마치 서너 마리의 야수가 양떼 우리를 덮친 것 같은 상황이 연출되고 있었다.

천사교의 무사들이 제대로 맞서지도 못하고 이리저리 물러나다가 속절없이 당해 버리는 것이다.

그래서였다.

전세가 단번에 바뀌었다.

진형의 허리가 속수무책으로 끊어져 버리자 전방에서 싸우는 전력이 약화되어서 밀리기 시작하는 바람에 천사교의 진영 전체가 속절없이 와르르 무너져 버리는 형국이었다.

상황이 이렇게 되고 보니, 백사신군은 애초에 좁은 입구를 벗어나서 진영을 꾸리지 않은 것이 한스러울 지경이었다.

적진을 독 안에 든 쥐처럼 완벽하게 가두었다고 생각해서 등 뒤에 좁은 입구를 두고도 그다지 신경 쓰지 않았으며, 오히려 전면전이 벌어지면 서서히 물러나는 것으로 유인해서 좁은 입구를 빠져나오는 적을 손쉽게 섬멸하겠다는 계획까지 세울 수 있었다.

전면전과 동시에 적의 후방을 치면서 물러나면 적은 그들의 유인책에 넘어올 수밖에 없을 테고, 아군의 진영이 좁은 입구를 벗어나는 그 순간에 입구를 틀어막고 반격을 가함과 동시에 좌우측 언덕 지역에 매복해 둔 병력이 일제히 공격을 가해서 적진의 허리를 끊어 버리며 적을 섬멸한다는 계획이었다.

그런데 지금 백사신군은 자신이 세운 전술에 역으로 자신이 당하고 있었다.

그리고 그 모든 것이 실로 난데없이 등장한 불청객으로 인한 변화였다.

"감히……!"

백사신군은 극도로 분노했다.

속절없이 무너지고 있는 아군의 진영을 보고 있자니 자신의 계획이 절대적으로 옳았음을 확인할 수 있어서 더욱 그랬다.

입구에서 보면 부챗살처럼 펼쳐진 양쪽 구릉의 비탈길의 경사는 그리 급하게 기울어진 지형은 아니었으나, 다수의 인원이 급작스럽게 우르르 몰려들자 그가 예상한 것보다 더 효과적인 장애물로 변해 버렸다.

비탈길의 대부분이 건드리기만 해도 우수수 쏟아지는 마른 흙덩이로 형성되어 있었기 때문이다.

평지의 간격이 좁아지면서 절로 밀집되어 버린 인원은 간단한 방향 전환조차 하지 못했고, 그 바람에 공간을 확보하려는 자들이 비탈길로 들어서기 시작했는데, 그들 대부분에 거기 빠져서 허우적대다가 제대로 싸우기는커녕 자기들끼리 부딪 치다가 한데 뒤엉켜서 자빠지기 일쑤였다.

문제는 그들이 적이 아니라 아군이라는 사실이다.

실로 느닷없이 등장한 불청객으로 인해, 그것도 고작 다해 서 대여섯 명의 불청객으로 인해 찰나지간 백사신군의 계획 이 틀어지고 전황이 뒤집힌 것이다.

"저놈들을 잡아! 어서 당장 저놈들을 죽여!"

백사신군은 실로 미친 것처럼 악을 쓰며 길길이 날뛰었다.

본디 광폭한 성격이긴 했으나, 그에 앞서 질 수 없는 싸움 을 지고 있다는 사실이 그의 분노를 극도로 격발시켜 버린 것 이다.

그러나 그의 곁을 지키던 두 명의 백팔사도와 네 명의 초혼 사자는 그 자리에서 꼼짝도 하지 않았다.

지금은 전장을 헤집고 있는 자들이 문제가 아니었다.

용의 울부짖음과 같은 사자후를 발하며 전장을 가로지른 자가, 바로 설무백이 그들의 면전으로 내려서고 있었다.

때를 같이해서 전장을 뒤흔들던 사자후가 멈추었고, 대신에 엄청난 위압감이 장내를 감싸고돌며 그들의 마음을 짓누르기 시작했다.

강호 무림의 일류 고수를 발아래 두고 우습게 여기는 그들이 실로 고개조차 바로 들기 어려운 압력을 느끼고 있었다.

백사신군의 눈가에 파르르 경련이 일어났다.

사실을 말하자면 그는 미친 듯이 길길이 날뛰며 악을 쓰는 와중에도 다가오는 설무백의 존재를 충분히 인지하고 있었다.

제아무리 극도의 분노가 일어나도 그렇게까지 이성을 잃을 정도로 허술한 사람이 아닌 것이다.

다만 그는 다가오는 설무백을 높이 평가하면서도 자신의 적수라고는 생각하지 않았을 뿐이었다.

그에게 호승심은 그야말로 싸우고 싶은 마음이 드는 승부욕이고, 유희의 일종인 호기심에 불과할 뿐이지 두렵다거나 하는 경계의 마음과는 거리가 있는 감정인 것이다.

그런데 그게 아니었다.

백사신군은 대여섯 장을 격하는 지상으로 내려선 설무백을 마주하는 순간, 절로 자신의 판단이 틀렸다는 생각이 들었다.

의도적이든 아니든 설무백이 발하는 기세, 가없는 존재감은 그로서도 절대 무시할 수 없는 것이었다.

그때였다.

설무백이 태연히 웃는 낯으로 그를 향해 말을 건넸다.

"천사교주에게 고굉지신을 자처한다는 십이신군의 하나구나, 그렇지?"

백사신군은 굳이 부정하지 않고 묘하게 웃으며 어깨를 으쓱했다. 심히 경계하는 마음이 들긴 했지만, 아직까지도 그에겐 여유가 남아 있었다.

"십이신군 중 백사신군이 바로 나다. 그러는 네놈은 십천세의 하나인 것 같구나. 그렇지?"

굳이 감출 이유가 없는 까닭에 솔직하게 대답해 주고 나서 같은 방식으로 질문을 던진 것이다.

다만 설무백의 짐작과 달리 그의 짐작은 틀렸다.

그는 설무백의 기도를 보고 당연히 천사교가, 더 나아가 마교가 천하십대고수와 별개로 작금의 강호 무림에서 가장 큰 영향력을 행사하는, 그래서 마교천하에 가장 큰 걸림돌이라고 지정한 열 명의 인물인 십천세 중 하나일 거라고 판단했으나, 사실은 그렇지가 않은 것이다.

설무백은 대답 대신 불현듯 돌아서며 손을 내밀었다.

그저 갑작스러울 뿐, 아무런 기세나 기운도 느껴지지 않는 손짓이었다.

그러나 다음 순간!

꽝-!

벽력과도 같은 소음이 터지며 소리 없이 그의 뒤로 다가서던 백팔사도의 하나, 비천마검의 육체가 마치 폭죽처럼 터져 버리며 산산이 조각난 피육으로 변해서 사방팔방으로 비산했다.

실로 엄청난 장력이었다.

"……!"

일시지간, 죽음과도 같은 정적이 장내에 내려앉았다.

일말의 여유조차 사라진 백사신군의 눈빛이 경악과 불신에 이어 새파란 살기에 잠겼다.

앞서 남아 있던 그의 여유는 설무백의 뒤를 노리는 비천마검을 보았기 때문이다.

이내 그는 발작적으로 소리쳤다.

"죽여라!"

백사신군의 명령에 반응해서 먼저 나선 것은 네 명의 초혼사자였다.

백팔사도보다 그들의 반응이 빨랐다는 것은 백팔사도가 의도적으로 느리게 반응했다는 것이고, 그것은 그들의 초혼사자들의 공격이 이어진 다음의 틈을 노리려 한다는 예상이 가능한 상황이었다.

그러나 설무백은 그에 아랑곳하지 않고 대응에 나섰다.

어린아이들을 상대로 싸우면서 그런 식의 뒷일을 걱정하는 어른은 없는 것이다.

설무백과 초혼사자들의 무력은 정말 그 정도의 차이가 존재했고, 그래서 이어진 격돌은 실로 초혼사자들의 입장에선 황당했고, 다른 사람이 보기에는 우습기 짝이 없었다.

하나같이 칼을 무기로 사용하는 그들, 네 명의 초혼사자는 나름 전력을 다한 공격으로 설무백의 목과 가슴, 복부와 옆구리를 노렸다.

칼이 닿기도 전에 다가온 기세가 옷깃을 찢을 정도로 실로 예리하고 날카로운 공격이었다.

하지만 설무백은 그런 그들의 공격을 무시하며 그냥 무시해 버리며 막무가내로 손을 뻗었다.

깡-!

금속성이 연이어 울렸다.

초혼사자들이 휘두른 칼이 설무백의 목과 가슴, 복부와 옆구리를 두드리는 소리였다.

강철로 제련한 칼이 휘둘러져서 피육으로 이루어진 사람의 몸을 베었는데 쇳소리가 울린 것이다.

정확히 보면 초혼사자들이 휘두른 칼날은 설무백의 몸에 닿지 않고 한치 앞에서 멈추어져 있었다.

강렬한 도기가 응축된 초혼사자들의 칼날이 설무백의 호신 강기조차 뚫지 못하고 막힌 것이다.

"……!"

모두가 당황하는 그 순간, 설무백이 그냥 막무가내로 뻗어낸 두 손에 각기 하나씩 초혼사자의 목이 잡혔다.

"컥!"

두 명의 초혼사자가 신음을 삼키며 몸부림치다가 '우득!'하는 섬뜩한 소음과 함께 속절없이 늘어졌다.

그야말로 즉사였다.

설무백의 손아귀에 잡힌 그들의 목은 마치 어린아이 손에 들어간 밀반죽처럼 일그러져 있었다.

"읙!"

두 명의 초혼사자가 그사이 재차 칼을 휘둘러서 설무백의 목과 가슴을 노렸다.

첫 번째 공격이 막힌 다음에 바로 연속해서 공격을 가하지 못한 것은 칼이 설무백의 몸과, 정확히는 호신강기와 부딪치자 마치 철벽을 두드린 것처럼 칼의 손잡이를 잡은 손아귀가 쩌릿하게 마비되는 바람에 회복할 시간이 필요했던 것이다.

하지만 작심하고 휘두른 그들의 두 번째 공격도 앞선 첫 번째 공격과 조금도 다르지 않았다.

깡-!

금속성이 터졌다.

이번에도 초혼사자들의 칼날은 애초의 목적인 설무백의 목과 가슴에 닿지도 못한 채 한치 앞에 멈추어진 상태였고, 역시나 마찬가지로 그 충격으로 인해 칼의 손잡이를 잡은 손아귀가 쩌릿하게 마비되어서 손끝 하나 제대로 움직일 수가 없었다.

이번에는 손바닥이 찢어진 듯 핏물까지 뚝뚝 떨어지고 있었다.

설무백의 반응도 앞서와 같았다.

그는 아무렇지도 않게 두 손을 내밀어서 그들, 초혼사자들의 목을 움켜잡았다.

초혼사자들은 피할 수 없었다.

공격이 같은 방식으로 실패하고, 그 여파로 칼자루를 잡은 손이 마비되며 찢어졌으나, 그로 인한 충격 때문이 아니었다.

설무백이 내미는 손은 누가 봐도 느린 것처럼 보였으나, 실제는 전혀 그렇지가 않았다.

그들은 면전으로 다가오는 설무백의 손을 뻔히 보면서도 피할 수 없었다.

설무백의 손 속에는 그처럼 신묘한 구석이 서려 있었고, 그것으로 그들의 생사도 결정되었다.

으득―!

뼈가 으스러지는 섬뜩한 소음이 울리며 설무백의 손아귀에 목이 잡힌 초혼사자들의 머리가 정상이라면 도저히 그럴 수 없는 방향으로 꺾어졌다.

역시나 그들의 목은 어린아이의 손에 들어간 밀반죽처럼 볼썽사납게 일그러진 상태였다.

그렇듯 어린애 손목을 비트는 것보다도 더 쉽고 간단하게 네명의 초혼사자를 죽인 설무백은 보란 듯이 가볍게 손을 털며 슬쩍 고개를 들어서 빈틈을 노리고 있던 두 명의 백팔사도를 바라보았다.

"……!"

두 명의 백팔사도, 자랑은 아니자만 평소 백팔사도 중에서 능히 상위 서열에 속한다고 자부하던 혈검수라(血劍修羅)와 귀혼비검(鬼魂飛劍)은 절로 움찔했다.

빈틈을 노리다가 거듭 포기하고 마지막으로 기회다 싶어서 나서려다가 설무백의 시선과 마주친 것이다.

혈검수라와 귀혼비검은 절로 소름이 돋을 정도로 오싹해지며 등줄기에서 식은땀이 흘러내렸다.

설무백의 눈빛이 그들의 속내를 손바닥처럼 들여다보고 있다는 기분이 들어서 마주보기가 껄끄러웠다.

아니, 두려웠다. 그것은 그들이 참으로 오랜만에 느껴 보는 감정이었고, 그래서 나서지 못하는 자기들 스스로의 태도에 참을 수 없는 자괴감이 들었다.

"죽어!"

귀혼비검이 그런 자괴감을 떨쳐 버리기라도 하듯 사납게 외치며 양손에 하나씩 들고 있던 같은 크기, 같은 모양으로 서슬이 휘어진 반월도를 설무백을 향해 날렸다.

취리리릭-!

무지막지한 도기가 파도처럼 일어나며 공간을 가르고 있었다. 두 자루 반월도가 서로 좌우로 교차하며 쏟아지는 것으로 공간을 난자해 가는 수법, 귀혼비검이 수련한 단월비류도(斷月沸流刀)의 최후 초식인 쌍류천참(雙流天斬)이었다.

그리고 그는 그 뒤를 그림자처럼 따라갔다.

그 순간, 혈검수라도 움직였다.

귀혼비검이 나서자, 자신도 그대로 가만히 있을 수 없다는 식의 단순한 사고로 나선 것으로 보이지 않았다.

그렇게 보이는 대응이 아니었다.

순간적으로 귀혼비검의 뒤를 따라서 나선 그는 그대로 지상을 박차고 날아올라서 높은 하늘에서부터 하강하며 설무백의 머리를 노렸다.

실로 절묘한 공격이었다.

본의 아니게 실로 절묘한 합공이기도 했다.

혈검수라는 귀혼비검이 양손에 들고 있던 쌍도를 날릴 때, 바로 설무백의 시선이 귀혼비검의 손을 떠나는 쌍도에 집중될 수밖에 없는 순간에 비상했기 때문에 설무백의 입장에선 감히 상상할 수 없는 방향에서의 공격이었다. 그러나 설무백의 태도는 앞서 초혼사자들을 상대할 때와 조금도 다르지 않았다.

그는 무섭게 공간을 난자하며 쇄도하는 귀혼비검의 쌍도를 물끄러미 바라보고 있다가 느긋하게 반응했다.

귀혼비검이 날린 쌍도가 한 자 남짓한 면전에 이르렀을 때였고, 그의 시선을 피해서 높이 비상한 혈검수라의 검극이 손만 뻗으면 닿을 정도의 높이까지 내려섰을 때, 비로소 움직인 것이다.

하지만 그래도 그들보다 그가 더 빨랐다.

속도는 상대적인 것이기 때문이다.

내가 상대보다 빠르게 움직일 수 있다면 혹은 빠르게 움직이고 있다면 당연하게도 상대의 행동은 내 눈에 느리게 보이기 마련이다.

지금 설무백의 눈에 들어오는 귀혼비검과 혈검수라의 행동이 그랬다.

느렸다.

그들의 시간만 느리게 돌아가는 것 같은 모습이었다.

설무백은 그처럼 느려진 세상 속에서 상대의 검극을 피하고 역습을 가하고 있었다.

우선 왼손을 뻗어 내서 공간을 난자하며 쇄도하는 귀혼비검의 쌍도를 튕겨 냈다.

쌍도가 교차하며 자리를 바꾸는 순간의 틈을 정확히 노리고 손을 뻗어 내서 하나처럼 겹쳐진 쌍도를 내친 것이었다.

채챙-!

거친 금속성과 함께 불꽃이 튀며 쇄도하던 귀혼비검의 쌍도가 튕겨 나갔다.

다만 쌍도를 튕겨 낸 설무백의 손은 뻗어진 그대로 버티고 있었다. 쌍도와 충돌하며 일어난 여파가, 정확히는 쌍도를 휘감고 있던 도기가 비산하며 손등과 붉고 소맷자락을 갈기갈기 찢어발겼지만, 그는 상관하지 않았다.

격돌의 여파로 깨져 나간 쌍도의 도기가 사방으로 비산하면서 그의 소매가 갈기갈기 찢겨서 날아갔지만, 그의 손은 멀쩡했다. 손바닥은 물론, 손등과 팔뚝 어디에도 긁힌 자국 하나 없었다.

설무백은 이미 철마신공의 극단인 철마지체를, 이른 바 금강불괴의 육체인 철마신의 경지를 이루었기 때문이다.

격돌의 여파로 깨져 나가며 비산한 쌍도의 도기는 한순간 절대극강의 호신강기인 그의 불사마화강을 뚫고 들어오긴 했으나, 철마신의 육체에는 아무런 흔적조차 남기지 못한 것이다.

그래서 그 손아귀에 쌍도의 뒤를 그림자처럼 따라오던 귀혼비검의 머리가 턱 하고 잡혔다.

마치 귀혼비검이 그의 손아귀로 머리를 들이민 것처럼 보이는 모습이었다.

설무백이 그 다음으로 벌인 동작은 오른손을 머리위로 쳐들어서 저 높은 공중에서부터 떨어져 내리며 일도양잔의 기세로 자신을 노리는 혈검수라의 애병인 검, 혈검(血劍)을 막아 내는 것이었다.

혈검수라는 그의 시선을 피해서 도약했다고 생각했지만, 사실은 그렇지가 않았다.

설무백은 느려진 그만의 시간 속에서 쌍도를 날리고 그 뒤를 따르는 귀혼비검의 뒤에서 도약하는 혈검수라를 정확히 보고 있었고, 일찌감치 대비도 하고 있었다.

천기혼원공에 기반한 절대극강의 권법인 무극신화수가 바로 그것이었다.

쩡-!

일도양단의 기세로 떨어지던 혈검수라의 혈검과 설무백이 쳐 올린 주먹이 격돌하며 묵직한 금속성이 터졌다.

그리고 혈검이 반으로 동강나서 저 멀리 날아갔다.

내가기공을 익힌 고수가 만약 병기를 들고 싸우다가 격돌의 여파로 병기가 부러지면 그저 병기가 부러졌네 하고 넘어갈 수 없다.

그 여파로 내상을 입을 수밖에 없고, 심한 경우 그 자리에서 죽을 수도 있다.

지금 혈검수라의 경우는 전자에 해당했다.

그는 죽지 않았으나, 대신에 상당한 내상을 입고 악다문 입술 사이로 억눌린 신음과 함께 피를 흘렸다. 하지만 그는 그 와중에도 반 토막만 남은 검을 재차 휘둘렀다.

아마도 오기였을지 몰랐다.

실로 예기치 못한 상황에 기겁하고, 격돌의 여파로 입은 내상에 가슴이 옥죄는 고통을 느끼며 피를 토하는 와중에도 그는 물러나는 대신 공격을 선택한 것이다.

그처럼 지독한 근성이 그의 죽음을 불렀다.

휘릭, 척-!

혈검을 동강낸 설무백의 손은 혈검수라가 휘두른 반 토막의 검을 교묘하게 피하며 뻗어져서 혈검수라의 머리를 움켜잡아 버렸다.

설무백이 뻗어 낸 왼손과 오른손의 사이에는 약간의 시간차가 있고, 각기 전면과 머리 위라는 서로 다른 방위에서 복잡하게 뒤엉키고 서로 다른 공격과 방어를 교환하며 막강한 기세와 경력을 일으키긴 했으나, 다른 사람의 눈으로 보는 그 차이는 정말 찰나지간일 정도로 미비했다. 그래서 어지간한 고수의 시선으로 그들의 공방을 제대로 볼 수가 없었다.

그저 꽝하는 격돌의 소음과 함께 설무백이 뻗어 낸 두 손에 귀혼비검과 혈검수라의 머리가 잡힌 것으로 보일 뿐이었다.

상대적인 속도의 차이로 인해 느려진 자신만의 시간 속에서 움직인 설무백의 동작은 실제로는 그처럼 빨랐던 것이다. 그리고 그것으로 귀혼비검과 혈검수라의 생사가 결정되었다.

설무백은 전면과 머리 위로 길게 뻗어 낸 두 손아귀에 그들의 머리가 들어온 순간과 동시에 두 팔을 좌우로 펼쳤다.

귀혼비검과 혈검수라의 신형이 흡사 수수깡처럼 가볍게 그의 손짓에 따라 좌우로 딸려 갔다.

때를 같이해서 천마령의 기운에 기반한 흡정흡기신공이 발휘되었다.

"끄으……!"

귀혼비검과 혈검수라가 크게 부릅뜬 눈으로 억눌리다 못해 짓이겨지는 것 같은 신음을 흘렸다.

그들은 세월을 앞당긴 것처럼 빠르게 늙어 가며 쪼그라들었다. 그건 그들의 체내에서 급속도로 기가 빠져나가는 모습이었고, 이내 그들은 목내이(木乃伊 : 미라)처럼 껍데기만 남기고 죽어 버렸다.

그때 설무백의 전신에서는 검은 아지랑이가 조용히 피어나고 있었다. 내공으로 흡수한 천마령의 기운을 따로 일으켜서 흡정흡기신공을 발휘하는 순간에는 그도 어쩔 수 없이 드러나는 마기였다.

"흡정마공……?"

백사신군이 도무지 이해할 수 없다는 표정으로 검은 불꽃처럼 이글거리는 마기에 휩싸인 설무백을 바라보았다.

설무백은 그 순간에 본래의 모습으로 돌아갔다.

흡정흡기신공을 거두자 천마령의 기운이 다시금 내공으로 스며들며 마기가 소멸되어 버린 것이다.

그는 목내이처럼 껍데기만 남은 귀혼비검과 혈검수라의 주검을 좌우로 내던지며 백사신군을 향해 히죽 웃었다.

"그래, 흡정마공이다. 혹시 뭐 하는 거 있냐?"

백사신군이 답변 대신 도통 모르겠다는 표정으로 고개를 저으며 되물었다.

"네놈이 어찌 그걸 익힌 거냐? 대체 누구에게 그걸 전수받은 거지? 아니, 대체 너는 누구냐?"

설무백은 당황에 겨운 얼굴로 횡설수설하듯 따지고 드는 백사신군의 태도에서 무언가 형용하기 어려운 느낌을 받으며 절로 눈을 빛냈다.

지금 백사신군은 그가 펼친 흡정흡기신공을 두고 '그걸'이라고 지칭하고 있었다.

이건 백사신군이 그가 펼친 흡정흡기신공에 대해서 무언가 알고 있다는 뜻이었다.

세상에는 상대의 정과 기를 흡수하는 수많은 종류의 사마이
공이 존재하는데, 그가 펼치는 흡정흡기신공을 보고 '그걸'이라
는 식으로 딱 꼬집어 말한다는 것은 놀라고 당황한 것과 무관하
게 무언가 알고 있다는 뜻으로밖에는 해석할 수 없는 것이다.

그래서 그는 말했다.

"나는 천마공자를 사사한 설무백이다!"

백사신군은 정신이 확 깨어난 모습으로 설무백을 노려보았
다. 새삼 분노가 치솟고 있었다.

대체 어디서 누구에게 들어서 천마공자를 알고 있는 것인지
는 모르겠으나, 눈앞의 애송이는 지금 자신을 희롱하고 있는
것이었다.

"이런, 미친놈……!"

백사신군은 순간적으로 달려들며 칼을 휘둘렀다.

달려들기 전에는 그의 손에 칼이 없었으나, 달려드는 순간
에는 이미 그의 손에 칼이 들려 있었다.

전광석화처럼 빠른 발도술!

칼끝이 뻗어짐과 동시에 불같이 일어난 도기가 그와 설무백
사이의 공간을 난자하고 있었다.

다만 설무백은 이미 거기 없었다.

"억?"

백사신군은 당황했다.

발도하기 직전까지 있던 설무백이 발도하는 순간에 사라져
버린 것이다.

하지만 그는 산전수전 다 겪으며 노련하게 숙달된 노강호였
다. 그는 재빨리 칼끝을 당기며 시야를 넓히는 한편으로 모든
신경을 청각에 집중했다.

역시나 효과가 있었다.

왼쪽 상단 부군의 공간에서 미세한 바람 소리가 포착되었다.

제법 신출귀몰한 신법을 익힌 것 같으나, 고도로 단련된 그
의 영민한 청각은 속일 수가 없는 것이다.

휘릭-!

일순 살소를 머금은 그는 수중의 칼을 번개처럼 빠르게 휘
둘러서 바람 소리가 들려온 왼쪽 상단의 공간을 헤집었다.

전신의 공력을 응집한 일격이었다.

설령 놈의 몸뚱이가 무쇠로 만들어졌다고 해도 절대 온전할
수가 없다는 것이 그의 단정이었다.

하지만 그런 그의 단정은 예기치 않은 타격음과 함께 거짓말
처럼 사라져 버렸다.

쩡-!

묵직한 금속성이 터졌다.

백사신군의 입장에선 실로 예기치 않은 타격음이었다.

'칼도 쓰나?'

분명 내가기공을 바탕으로 하는 권법을 장기로 삼은 듯 맨

손이던 놈이었으나, 칼을 쓰지 말라는 법은 없고, 쓰지 않더라도 가지고 있지 않다는 보장이 없었다.

백사신군은 그렇게 생각하며 부리나케 물러났다.

자랑은 아니지만, 그는 도법만큼이나 신법도 뛰어난 고수였다.

워낙 도법의 경지가 대단한 까닭에 굳이 신법을 활용할 생각을 하지 않아서 그렇지, 단지 신법의 경지만 놓고 따져도 천사교에서 능히 손가락에 꼽히는 고수가 그인 것이다.

그런 그가 사력을 다해서 물러나고 있었다.

그가 앞선 과정을 통해서 느낀 상대, 설무백의 신법은 그래야 겨우 피할 수 있을 정도로 대단하다고 판단했기 때문이다.

그러나 설무백의 신법은 그 정도가 아니었다.

그가 생각한 것보다, 아니 그의 상상보다 훨씬 더 빨랐다.

그래서 그의 후퇴는 전혀 소용없었다.

쾅—!

백사신군은 묵직한 타격음 속에 절로 눈이 커졌다.

큼직한 쇠뭉치 같은 것이 그의 아랫배에 꽂힌 까닭이었다.

내장의 위치를 한순간에 뒤집어 놓은 충격을 그에게 안겨 준 그것의 정체는 바로 설무백의 주먹이었다.

"······!"

백사신군은 도무지 현실이라고 믿을 수 없는 상황에 절로 두 눈을 부릅뜨며 뒷걸음질했다.

비명은 나오지 않았다.

극도의 충격이 고통마저 삼켜 버린 것 같았다.

다만 그 고통의 순간은 그리 길지 않았다.

곧바로 새로운 고통이 밀려왔기 때문이다.

빡-!

거대한 통나무가 쪼개지는 듯한 소음이 터졌고, 백사신군은 그 소리를 들으며 깜빡 정신을 놓쳤다.

분명 그는 치가 떨리는 복부의 고통 속에서도 사력을 다해서 물러났는데, 전혀 소용이 없었다.

어느새 다가온 설무백의 주먹이 그의 관자놀이를 강타한 것이다.

백사신군은 휘청거리는 상태로 튕겨 나가다가 깜빡 놓쳤던 정신을 되찾았다. 그리고 그제야 그는 자신이 상당한 내상을 입고 입으로 피거품을 흘려내고 있다는 사실을 깨달았다.

와중에 그는 그대로 두면 안 될 것 같은 느낌을 주는 무언가가 재차 자신을 향해 다가온다는 것을 감지하며 반사적으로 주먹을 내질렀다.

본능적으로 사력을 다한 패왕문의 절기, 천하십대권법의 하나인 패왕수였다.

빡-!

단단하게 응축된 타격음이 터졌다.

백사신군은 그 뒤로 철벽을 후려친 것 같은 느낌 속에서 손에 감각이 사라졌다.

일순 그는 단순히 무언가 단단한 물체를 강하게 후려치는 바람에 일시적으로 손이 마비된 것이라고 생각했다.

그래서 다른 한편으로 그가 이 정도의 충격이라면 그게 무엇이든지 간에 상대는 산산이 박살 났을 것이라는 생각도 들었다.

비록 그가 아직 절정의 경지에 달하지는 못했어도, 그가 아는 패왕수는 그런 무공이었다.

그러나 그런 것이 아니었다.

백사신군은 이내 자신의 생각이 현실과 전혀 동떨어진 망상에 불과했음을 두 눈으로 똑똑히 확인할 수 있었다.

그의 주먹은 흡사 절구에 넣고 찧은 밀반죽처럼 형체를 알아볼 수 없을 정도로 뭉그러진 상태였고, 팔뚝은 정상이라면 절대 그럴 수 없는 방향으로 꺾어져서 부러진 허연 뼈를 드러낸 상태였다.

그리고 그런 그의 주먹과 마주치고 있는 것은 바로 너무나도 멀쩡한 설무백의 주먹이었다.

"아……!"

백사신군은 뒤늦게 탄성과도 같은 신음을 흘렸다.

동시에 그는 참으로 오랫동안 잊고 있던 감정을 되찾았다.

바로 두려움이라는 감정이었다.

그것으로 결정되었다.

그는 더 이상 그 어떤 생각도 하지 않고 그대로 사력을 다해서 땅속을 파고들었다.

아는 사람만 아는 그의 비기, 당당히 마경칠서의 한 페이지를 장식한 절기인 지옥탈마공(地獄奪魔功) 중의 신법인 마형지둔(魔形地遁)이었다.

그의 선택은 도주였던 것인데, 아직 경지를 이루지 못한 까닭에 평소 절대로 드러내지 않는 비기를 꺼내 들 정도로 그의 마음이 절실했던 것이다.

"어라? 별 재주가 다 있네?"

설무백은 한순간 촛불이 꺼지는 것처럼 땅속으로 사라지는 백사신군의 모습에 이채로운 눈빛을 드러내며 순간적으로 한 무릎을 꿇음과 동시에 주먹을 내려쳐서 지면을 강타했다.

꽝-!

엄청난 굉음이 터졌다.

장내의 공기가 우렁우렁 울리는 가운데, 주변의 대지가 무섭게 진동하며 부스스 일어나서 비산하고 있었다.

놀랍다 못해 어이없고 황당하게도 설무백의 주먹에 실린 무지막지한 공력이 방원 이십여 장의 대지를 한순간에 뒤집어 버린 것이다.

"억!"

어지럽게 휘날리는 흙먼지와 사방으로 비산하는 흙더미 사이로 백사신군의 신음이 흘렀다.

그러나 그게 다였다.

설무백은 아무런 사전 동작도 없이 전광석화처럼 빠르게 백사신군의 신음이 들려온 방향으로 나아갔으나, 이미 늦어 버린 후였다.

백사신군은 이미 흔적도 없이 사라졌고, 그의 능력으로도 행방을 찾아내기 어려울 정도로 종적이 묘연했다.

"어째 너무 싶다 했다."

설무백은 자신의 방심을 자책했다.

백사신군에게 그조차 가늠하기 어려운 비장의 한 수가 있을 줄은 미처 예상하지 못한 일이었다.

하지만 그는 이내 이것이 단순한 방심의 문제가 아니라는 것을 깨달으며 절로 눈살을 찌푸렸다.

경황 중이라 무시하고 있었는데, 앞서 백사신군의 주먹과 마주친 그의 주먹이 뻐근한 느낌으로 욱신거렸다.

대공을 성취하고 무극신화수를 완성한 이후에 이런 경우는 정말 처음이었다.

백사신군도 지난날 상대했던 신안신군처럼 그가 결코 만만히 볼 수 없는 공력과 비기를 가리고 있는 것이다.

"앞으론 절대 쉽게 생각하진 말아야겠네."

설무백은 새삼 자신의 방심을 주지하며 마음을 다잡고 냉정해진 눈빛으로 전장의 상황을 살펴보았다.

저마다의 의지와 무관하게 한데 뒤엉켜서 죽고, 죽어 가는 사람들로 인해 거대한 혼돈을 이루고 있던, 그래서 더 이상 지휘자의 명령이 통하지 않던 전장은 어느새 판세가 기울어진 상태였다.

천사교의 무리는 일방적으로 당하며 물러나는 중이었고, 장강의 사내들은 일방적으로 공격하며 밀어붙이고 있었다.

그리고 그건 설무백의 지시로 나선 공야무륵 등이 주도한 상황이었다.

천사교의 무리는 그들에게 진영의 허리가 끊어져 버린 순간부터 북적거리는 장터에서 어미 손을 놓쳐 버린 아이처럼 허둥지둥하며 제대로 대항하지 못하고 속수무책으로 밀리기 시작했던 것이다.

그런 마당에 천사교의 수장인 백사신군이 싸움에서 패하고 홀로 도망쳐 버렸다.

그리고 하필이면 그들이 싸움을 벌인 장소는 전장의 모두가 볼 수 있는 구릉지대였던지라 저마다 정신없이 싸우는 와중에도 보지 못한 사람보다 본 사람이 더 많았다.

그 때문이었다.

전장은 다시금 급변하고 있었다.

일방적으로 당하면서도 기어코 싸우면서 물러나던 천사교의 무리가 더는 싸울 생각을 하지 않고 막무가내로 물러났다. 그리고 마침내 앞이 아닌 뒤를 향해서, 바로 물러나는 데 방해가 되는 아군을 향해서 칼을 휘두르기 시작했다.

죽기 살기로 도주를 감행하는 것이다.

강호 무림에서 흔히 볼 수 없는 대규모 전투가, 수백의 기마대가 동원되고, 수천에 해당하는 무사들이 거대한 혼돈을 이루며 다들 죽을지 살지 모르고 악귀처럼 이성을 잃고 한 대 뒤엉킨다는 측면에서 설무백에게 전투에 대한, 그리고 전쟁에 대한 새로운 시각을 열어 준 싸움이 그렇게 끝나가고 있었다.

그리고 그렇게 싸움이 밀려 나간 전장은 상처 입은 말들이 울부짖는 가운데, 시체가 산처럼 쌓여 있고, 붉은 핏물이 내처럼 흐르는 참혹한 모습이었다.

거의 대부분이 천사교의 무리이긴 했으나, 장강의 사내들도 적잖게 죽어서 어림잡아 수백으로 보였다.

설무백이 그런 전쟁의 모습을 지켜보며 전음을 날려서 아직 전장에 나서 있는 공야무륵과 요미 등을 불러 놓고 어쩔 수 없이 착잡해진 마음을 달래고 있을 때였다.

"쫓지 마라! 도주하는 놈은 그냥 보내 주고 전열이나 정비해라!"

저 멀리서 도주하는 천사교의 무리를 악착같이 추적하려는 수하들을 매서운 일갈로 말리던 무풍마간 백천승이 이내 쪼르르 그에게 달려왔다.

"설 공자! 설 공자가 대체 어떻게 알고 여기를 와서 우리를 도운 것이오?"

"그냥 어쩌다 보니 우연찮게……."

설무백은 에둘러 말을 얼버무리는 사이, 다시금 대머리 중 늙은이 하나가 그들의 곁으로 다가왔다.

백천승과 마찬가지로 장강칠웅의 하나인 사수교룡 임정이 었다.

"반갑습니다, 설 공자! 여기서 다시 뵙게 되다니, 정말 놀랐 습니다!"

"아, 예……."

설무백은 대충 답례를 하고 나서 재우쳐 그들, 두 사람을 둘러보며 물었다.

"그보다 이제 어찌된 일이에요? 대체 왜 이 병력을 몰고 여기까지 나온 거예요?"

임정이 슬쩍 백천승의 눈치를 보았다.

자신이 대답할 문제가 아니라고 생각하는 모양이었다.

백천승은 멋쩍게 웃을망정 답변을 회피하지 않았다.

"아, 그게, 그러니까, 전부터 하백께서 탐을 내던 물건이 나타나는 바람에 그만……."

설무백은 절로 고개를 갸웃했다.

"아니, 세상에 제 잘난 맛에 사는 그 친구가 탐내는 물건도 다 있어요?"

백천승이 새삼 멋쩍게 웃고는 뒤쪽을 향해 소리쳤다.

"무초!"

추적을 포기하고 전열을 가다듬고 있는 장강의 사내들 진영에서 작달막한 사내 하나가 튀어나왔다.

"엡!"

백천승이 부리나케 달려오는 그 사내를 보고, 설무백은 모르지만 장강 총타의 부두목 중 하나인 무초를 보고 눈을 부라리며 다시 소리쳤다.

"왜 혼자 와? 내가 너보고 죽어도 떨어지지 말고 지키라는 화 공자는 어디다 내팽개치고?"

"아……!"

무초가 튀쳐나올 때와 마찬가지로 재빨리 후다닥 본래의 자리로 돌아가서 한 사람을 데리고 왔다.

아담한 키에 곱상한 외모를 가진 소년이었다.

아마도 화 공자가 바로 그 소년인 모양인데, 백천승이 적잖게 겁에 질린 모습으로 어리둥절하고 있는 그 소년, 화 공자를 앞에 세우며 활짝 웃었다.

"여기 이 화 공자가 가지고 있는, 아니, 어디에 있는지 아는 비취 무녀상이 바로 다라십삼경의 하나를 찾을 수 있는 보물이랍니다. 하하하……!"

사신사도死神死道 (2)

화 공자, 화인(華麟)은 호북성 북부에 자리한 현급의 도시인 대오부(大吾府)의 작은 무가인 화씨 세가의 둘째 아들이고, 가주이자 화인의 아버지인 청인검객(靑刃劍客) 화중선(華中善)이 우연찮게 얻은 비취 무녀상을 탐하는 무리로 인해 멸문지화를 당하는 와중에 홀로 살아남았다는 것이 백천승의 설명이었다.

　백천승의 설명을 들은 설무백은 얼추 상황을 이해할 수 있어서 묵묵히 고개를 끄덕였다.

　천마십삼보와 어깨를 나란히 하는 다라십삼경의 전설이라면 천하의 하백이라도 욕심을 내지 않을 수 없을 터였다.

　다만 설무백은 백천승의 설명에서 매우 큰 오류를 하나 간파하는 바람에 그 모든 설명을 믿을 수가 없게 되어 버렸다.

그건 바로 화 공자, 화인이 남자가 아니라 여자라는 사실이었다.

화인의 변복과 변장은 거의 완벽했으나, 아주 완벽하지는 못했다.

적어도 한평생 거친 사내들 틈에서 살아온 백천승 등의 눈은 속일 수 있었을지 몰라도 변체환용에 정통한데다가, 고도로 발달한 눈을 가진 설무백을 속일 수 있을 정도는 아니었다.

설무백은 첫눈에 그것을 알아보고 있다가 백천승의 설명이 끝나자 바로 말했다.

"남자가 아니라 여잔데요?"

"예?"

백천승이 황당해했다.

곁에 있는 임정도 그럴 리가 없다는 듯이 손등으로 눈을 닦으며 화인을 쳐다봤다.

"여……자?"

화인이 어이없다는 듯 실소를 흘리며 설무백을 바라보고 있었다.

정말 말도 안 된다는 식의 태도였다.

백천승 등이 고개를 갸웃거렸다.

그러나 설무백은 능란한 그녀의 가식에 전혀 동요하지 않았다.

설무백의 날카로운 눈은 애써 꾸미는 그의, 아니, 그녀의 가식을 느끼지 못할 정도로 어둡지도, 허술하지도 않았다.

그는 오히려 그녀의 그와 같은 태도로 인해 앞서 겁에 질려 하던 그녀의 모습도 애써 꾸민 가식이었음을 깨달을 수 있었다.

"제법 당돌하네?"

설무백의 말을 들은 화인이 발끈했다.

"대체 지금 무슨 헛소리를 하는 겁니까?"

제법 사내의 목소리였다.

설무백은 특유의 미온한 미소를 지은 채 화인의 얼굴 가까이에 불쑥 자신의 얼굴을 들이밀며 물었다.

"홀딱 벗겨 줄까?"

"……!"

화인이 흠칫 놀라며 뒤로 물러났다.

말을 듣기 전에 먼저 나온 행동이었다.

타고난 본능은 어쩔 수 없는 것이다.

설무백은 한 발짝 다가서며 재차 얼굴을 들이밀었다.

"내가 못할 것 같나?"

화인이 마른침을 삼키며 거듭 뒤로 물러났다.

설무백은 말없이 다가섰다.

그저 시선을 마주한 채로 다가설 뿐 아무런 행동도 취하지 않고 있으나, 왠지 모르게 위협적으로 보이는 모습이었다.

화인이 재빨리 두 손을 들고 손바닥을 내보이며 항복을 선언했다.

"할 것 같네요. 제가 졌습니다. 그래요. 저 여자예요. 그냥 쫓기는 것도 힘든데, 여자의 몸으로 쫓기는 건 더 힘들더라고요."

그리고는 발을 밟힌 강아지처럼 발끈했다.

"그래서 뭐요? 뭐가 달라지는 건데요?"

설무백은 기다린 것처럼 되물었다.

"뭐가 달라지고 싶은데?"

화인이 대답하지 못하고 눈만 깜박거렸다.

역으로 질문을 받으며 선뜻 반박할 말이 떠오르지 않아서 말문이 막혀 버린 표정이었다.

설무백은 대수롭지 않게 그런 화인을 외면하며 백천승을 향해 불쑥 물었다.

"대오부가 북동쪽에 치우쳐 있는 도시이긴 해도, 여기 가깝게는 흑도천상회가 있고, 조금 멀긴 하지만 엄연히 무당파도 있는데, 대체 어떻게 천사교의 무리가 이렇듯 판을 치고 다닐 수 있는 거죠?"

백천승이 쓰게 입맛을 다시며 대답했다.

"세세한 사정은 모릅니다만, 듣자 하니 흑도천상회는 알게 모르게 천사교의 행사에 침묵으로 일관하는 중이고, 무당파는 자기 집안 단속만으로도 버겁답니다."

그는 힐끗 화인을 일별하며 한탄처럼 부연했다.

"요사이 멸문을 당한 집구석이 어디 한둘인지 아십니까. 여기 호북성만해도 지천에 깔렸습니다. 천사교의 참견은 둘째 치고, 고만고만한 자들끼리 싸우다가 패가망신한 집안도 허다하니 말 다했죠."

설무백은 묵묵히 고개를 끄덕였다.

천사교와 무관하게 자기들끼리 싸우다가 패가망신한다는 얘기는 정도 세력의 몰락과 더불어 치안 부재의 상황을 의미한다는 것을 그는 능히 짐작할 수 있기 때문이다.

과연 이어지는 백천승의 설명도 그랬다.

"전에는 구대 문파의 눈치를 보느라 혹은 그들이 주도하는 정도 문파들의 입김이 통해서 어지간한 중소 문파들은 그 무슨 억하심정이 생겨도 참고 화해하며 넘어갔지만, 이제는 다릅니다. 구대 문파의 입김은 이제 더 이상 작금의 중원 무림에서 통하지 않습니다. 작금의 중원 무림은 구대 문파보다 천사교의 눈치를 더 봐야 하는 세상입니다. 구대 문파는 멀리 있지만, 천사교는 가까운 곳에 있으니까요."

실로 걱정되고 안타까운 사정이었다. 그리고 그런 사정으로 인해 강호 무림은 시간이 갈수록 더욱 피폐해질 것이었다.

설무백은 그와 같은 사정을 익히 잘 알고 있기에 내심 절로 한숨이 나왔으나, 애써 내색을 삼가며 말문을 돌렸다.

"덕분에 식구들은 많이 늘었겠네요."

난세가 도래하면 영웅호걸, 기인이사들이 녹림으로 숨어든다는 얘기가 있고, 장강수로십팔타도 어차피 녹림과 같은 도적이다.

작금의 천하는 왕조가 흔들릴 정도의 난세이니, 영웅호걸, 기인이사들까지는 아니더라도 온갖 사내들이 녹림만이 아니라 장각으로 향했을 것은 불을 보듯 뻔한 일인 것이다.

"……?"

심각하던 백천승이 '이 상황에 그런 얘기를?' 하는 눈빛으로 바라보았다. 그러다가 이내 산전수전 다 겪은 노강호답게 이미 벌어진 일은 깊게 논하고 싶지 않은 설무백의 마음을 읽은 듯 자못 멋쩍어하는 표정으로 대답했다.

"뭐, 그렇기는 하지요."

그는 새삼 화인을 일별하며 덧붙여 말했다.

"사실 따지고 보면 이번 일에 나선 것도 그 영향이 적지 않습니다. 하백께서는 저들의 강함을 익히 잘 알고 계시거든요. 내색은 삼가시지만, 늘어나는 식구들을 지키는 데 그게 꽤나 도움이 될 것이라고 생각하신 것 같더군요."

설무백은 묵묵히 고개를 끄덕였다.

백천승의 짐작이 옳았다.

그가 아는 하백이라면 그런 생각을 가졌을 터였다.

그런 생각을 하다가 그는 문득 다른 생각이 떠올라서 피와 주검이 즐비한 전장을 한차례 훑어보고는 짐짓 백천승에게 눈총을 주었다.

"그렇다면 사전에 저들에 대해서 보다 더 철저히 조사했어야죠. 이게 뭡니까? 그게 미끼인 줄도 모르게 이렇게 함정에 빠져 버리면 대체 어쩌자는 거예요?"

백천승이 민망한 표정으로 자라목을 하며 자책했다.

"그러게 말입니다. 하지만 저로서는 다른 방도가 없었습니다. 우리가 평소에도 그런 쪽의 정보는 정말 취약한 편인데, 요즘은 그게 더 심화되어서 그만…… 정보 상인들이 거의 다 천사교의 손을 잡는 바람에 거래가 아주 뜸해서 얼마 전부터 우리는 찌꺼기 정보조차 얻기 힘들어졌거든요."

설무백은 이건 또 미처 예상하지 못한 상황이라 절로 씁쓸해진 입맛을 다시고 한숨을 내쉬며 말했다.

"앞으로는 개방의 정보를 이용해요."

"예? 개방요?"

백천승이 황당하다는 표정으로 웃으며 잘라 말했다.

"에이, 우리가 어떻게 걔들의 정보를…… 말도 안 됩니다. 거지들 주제에 명색이 정파랍시고 걔들이 그동안 우리를 수적 나부랭이라고 멸시하며 얼마나 유세를 떨었는데요. 걔들이 그래 줄 리 없습니다."

설무백은 속으로 웃었다.

개방과 녹림맹, 황하수로연맹, 장강수로십팔타가 서로 견원지간(犬猿之間)이라는 것은 강호에 모르는 사람이 없는 사실인 것이다.

그는 짐짓 게슴츠레하게 뜬 눈으로 백천승을 바라보며 말했다.

"받기 싫은 게 아니라 그들이 안 줄 거다? 그러니까, 그들이 아무리 유세를 떨었어도 정보를 주면 받겠다는 소리네요?"

백천승이 계면쩍은 표정으로 딴청을 부리며 대답했다.

"그야, 뭐, 그렇지요. 필요한 건 필요한 거니까요. 나름 이것저것 생각해서 만반의 준비를 갖춘다고 갖추고도 이 모양 이 꼴을 당했는데, 지금 우리가 찬밥 더운밥 가리게 생겼습니까. 흐흐……!"

"그럼 괜한 소리 말고 그냥 그렇게 해요. 가서 내가 보냈다고 하면 평소 억하심정이 있으니 귀빈 대접은 못해도 절대 푸대접은 안 할 테니까."

설무백의 말을 들은 백천승이 반색하며 새삼 공수했다.

"알겠습니다! 고맙습니다! 안 그래도 하백께서 고민이 이만저만 아니었는데, 이제 좀 숨통이 트이실 것 같습니다!"

"대신 충고 하나만 할 게요."

백천승이 짐짓 안색을 굳히고 있는 설무백을 보고는 하하 웃으며 대답했다.

"그런 게 없어도 설 공자님의 충고는 언제든지 경청할 용의가 있습니다. 어서 말씀해 주십시오."

설무백은 픽 웃고는 이내 목소리를 낮추어서 말했다.

"오늘 말이에요. 적에게 미끼를 던지고 함정에 빠트리는 일은 사전에 적의 움직임에 대한 정보가 없으면 절대 가능하지 않는 일입니다. 결국 이번 일은……!"

"압니다."

백천승이 슬쩍 말을 끊고는 어색한 미소를 흘리며 부연했다.

"우리 장강 내부에 놈들의 간세가 있다는 소리죠. 안 그래도 그 때문에 한바탕 살청소를 했었는데, 아직도 살아남은 지독한 놈들이 있는 모양입니다. 걱정하지 마십시오. 이번에 돌아가면 제가 직접 나서서 적어도 총타 내부만큼은 청결할 수 있도록 철저하게 발본색원(拔本塞源)하겠습니다!"

과연 믿을 만한 노인네였다.

설무백은 기분 좋은 미소를 보이며 말했다.

"내가 괜한 참견을 했군. 백 노인이 사정을 모를 리 없는데 말이야."

백천승이 손사래를 쳤다.

"별 말씀을……! 설 공자께서 이렇게 주지시켜 주시면 제가 더 힘을 내게 되지 않겠습니까. 도움 말씀 고맙습니다."

설무백은 새삼 기분 좋게 웃으며 공수했다.

"그렇게 생각해 주면 저도 고맙지요. 아무튼, 그럼 저는 이만……!"

백천승이 당황했다.

"아니, 저와 같이 우리 총타로 가시는 게 아니었습니까?"

설무백은 미안해했다.

"하백, 그 친구 얼굴 본 지도 오래돼서 저도 그러고 싶지만, 가던 길이 조금 바빠서요. 이번 일이 끝나면 시간을 내보도록 하지요."

"허허, 이런……!"

백천승이 아쉬워했다.

"알겠습니다. 급한 일이 있으시다니 잡진 못하겠고, 일이 끝나시면 꼭 시간을 내서 총타에 들러 주십시오. 안 그래도 하백께서 틈만 나면 설 공자님 얘기를 하십니다. 그게 다 그리워서가 아니겠습니까."

"그러지요."

설무백은 짧게 수긍하며 돌아섰다.

공야무륵이 늘 그렇듯 무뚝뚝하게 공수하는 것으로 백천승과 그 곁에 있는 임정에게 작별을 고하며 돌아서서 그 뒤를 휘적휘적 따라갔다.

방금 전까지만 해도 공야무륵의 곁에 서서 무심한 눈인사를 보내던 요미와 흑영, 백영의 모습은 이미 바람처럼 사라지고 없었다.

백천승이 새삼 그들의 신출귀몰함에 혀를 내두르는 참인데, 화인이 불쑥 앞으로 나서며 물었다.

"누구예요, 저 사람?"

백천승은 잠시 생각하다가 대답했다.

"어쩌면 천하제일인?"

저 멀리 사라지는 설무백에게 시선을 고정하고 있던 화안의 두 눈이 유성처럼 빛을 발했다.

단순한 놀람이 아니었다.

무언가 심도 깊은 감정이 서린 깊은 눈빛이었다.

다만 백천승 등도 멀어지는 설무백 등을 바라보고 있었기 때문에 그 누구도 그녀의 변화를 눈치채지 못했다.

⁂

멀리서 보면 흡사 거대한 손바닥처럼 생긴 장인곡(掌印谷)은 천사교의 무리와 장강의 수적들이 격전을 벌였던 전장에서 북쪽으로 육백여 리 떨어진 대곡산(代哭山)이 품은 여섯 개의 계곡 중 하나로, 남쪽 기슭에 자리하고 있었다.

산발한 머리와 갈기갈기 찢겨진 의복, 선혈이 낭자한 모습인 백사신군이 숨을 헐떡이는 모습으로 거기 장인곡의 초입으로 들어선 것은 해가 서산으로 넘어가서 땅거미기 지기 시작한 무렵이었다.

정오가 조금 지난 시점에 설무백을 등지고 도주했으니, 어림잡아 두 시진 반을 쉬지 않고 달려서 장인곡에 도착한 셈이었다.

백사신군이 장인곡을 찾아온 이유는 달리 없었다.

장인곡의 심처에 천사교가 마련한 비밀 지부가 존재했고, 그 지부장은 그가 다른 누구보다도 그가 신임하는 수하인 까닭이었다.

지금의 백사신군은 그야말로 살아 있는 것이 신기할 정도로 엄청난 내외상을 입은 상태였고, 그는 그런 자신의 모습을 그 누구에게도 보여 주기 싫은 것이다.

그런데 아무래도 그런 그의 자존심이, 아니, 솔직히 말해서 다른 사람에게 약점을 잡히고 싶지 않은 그의 욕심이 화를 자초한 것 같았다.

백사신군은 장인곡의 초입으로 들어서는 순간에 마주친 한 사람으로 인해 절로 그와 같은 기분에 사로잡혔다.

야트막한 바위에 쪼그리고 앉아서 그를 바라보고 있는 그 사람은 마치 핏덩이로 이루어진 것 같은 혈인이었다.

말 그대로 핏물로 빚어 놓은 것 같은 사람인 것인데, 천하에서 그런 모습을 할 수 있는 사람은 오직 한 사람밖에 없었다.

마도오문 중 혈문의 문주인 혈뇌사야가 바로 그 하나였다.

혈뇌사야가 익힌 혈문 최고의 비기인 사망혈사공만이 저와 같은 혈인의 모습을 형성할 수 있는 것이다.

"뭐야, 그 모습은? 이거 일이 틀어져도 아주 많이 틀어진 모양인데 그래?"

백사신군이 주춤하는 사이, 혈뇌사야가 끌끌 혀를 차는 소리를 내며 흘린 말이었다.

"가주께서 어쩐 일로 이곳을……?"

백사신군은 최대한 공손하게 물었다.

혈뇌사야의 붉은 얼굴에 자리한 붉은 두 눈이 살짝 일그러졌다.

"예의는 어디 가서 밥 말아먹었냐? 왜? 네 주인이 나를 보면 인사하지 말라고 하디?"

백사신군은 자신의 실수를 깨닫고는 급히 허리를 잡으며 공수했다.

"죄, 죄송합니다! 보시다시피 제가 이런 몰골이라 경황이 없어서 그만! 백사가 혈문의 문주님을 배알합니다!"

혈뇌사야가 가만히 고개를 끄덕였다.

그사이 그의 모습이 변했다.

더 이상 핏덩이로 이루어진 사람이 아니었다.

붉은 도포와 도관, 붉은 머리카락에 붉은 눈썹, 붉은 두 눈과 당장이라도 핏물을 토해 낼 것 같은 붉은 입술 등, 온통 핏빛 일색이긴 했으나, 이젠 엄연히 사람인 노인의 모습이었다.

그 상태로, 그가 말했다.

"다름 아니라 네게서 한 가지 받아 낼 물건이 있어서 이렇게 어려운 걸음을 했다."

"그게 어떤 물건이신지……?"

백사신군은 무엇을 원하든 다 내줄 생각을 하며 묻고 있었다.

혈뇌사야가 바라는 물건을 감추고 내주지 않을 용기는 지금의 그에게 눈곱만큼도 존재하지 않았다.

그런데 아무래도 오늘은 그의 일진이 사나운 날인 모양이었다.

하필이면 혈뇌사야가 원하는 물건이 그가 가지고 있지 않는 것이었기 때문에, 아니, 정확히 말하면 가지고 있었으나, 지금은 없는 물건이었기 때문이다.

"듣자하니 네가 비취 무녀상을 얻었다고 하더구나. 그걸 미끼로 장강 애들을 함정에 빠트린다는 얘기도 있고. 지금 그거 가지고 있지?"

혈뇌사야가 어울리지 않게 방긋 웃는 얼굴로 손을 내밀고 있었다.

그 모습만 보면 실로 비취 무녀상만 내주기만 하면 아무 일도 없이 무사할 것 같았다.

하지만 아쉽게도 백사신군에게는 비취 무녀상이 없었다.

"아, 저기, 그게 죄송하게도 그 물건은 지금 제게 없습니다! 제가 마애혈사의 말을 듣고 그걸 장강 애들을 끌어들이기 위한 미끼로 사용한 건 맞는데, 싸움에서 패하면서 그것마저 빼앗겼습니다! 정말입니다!"

혈뇌사야의 얼굴에 떠올랐던 미소가 그대로 굳어졌다.

"진짜 비취 무녀상을 미끼로 썼다고?"

백사신군이 다급한 마음에 말을 더듬었다.

"아, 그게 지, 진짜는 진짜인데, 사, 사실 비취 무녀상이 아니라 비취 무녀상의 위치를 아는 화인이라는 사내 녀석을 미끼로 쓴 겁니다! 그런데 싸움에서 패하는 바람에 미처 그 아이를 데려오지 못했습니다!"

혈뇌사야가 화를 냈다.

언성을 높이거나 무슨 다른 행동을 한 것이 아니라, 그저 붉은 그의 두 눈에서 혈광(血光)이 일렁거리자 숨 막히도록 지독한 사기가 장내를 휘감으며 절로 그런 느낌이 들었다.

백사신군은 지금 당장 무엇이라도 하지 않으면 안 된다는 절박함 심정에 사로잡혔다.

그는 다급하고 두려운 마음에 읍소(泣訴)에 가까운 목소리로 생각나는 모든 것을 마구 뱉어 내며 사정했다.

"정말입니다! 거짓말이 아닙니다! 다 이긴 판에 어떤 녀석이 나타나서 이렇게, 보시다시피 제가 당했습니다! 십천세도 아니고, 약관을 조금 넘긴 백발머리에 흡성마공을 쓰는 사내자식이었는데, 도무지 제가 상대할 수가……!"

"흡성마공이라고?"

혈뇌사야가 눈이 커지며 관심을 가졌다.

백사신군은 왜 저럴까 하다가 이내 혈뇌사야가 지난날 천마공자에게 고굉지신을 자처하던 사람이었고, 천마공자가 마교의 대공자로서 천마대종사에게 사사받은 무공 중에 흡성마공이 있음을 기억해 낼 수 있었다.

"예, 흡성마공이었습니다!"

백사신군은 죽음의 늪에서 한줄기 빛을 발견한 사람처럼 서둘러 설명했다.

"아, 그리고 제가 하도 이상해서 그놈에게 그걸 어디서 배웠냐고 물었더니, 어이없게도 천마공자에게 배웠다고……!"

"이런 미친……!"

"컥!"

욕설과 동시에 백사신군의 면전에 나타난 혈뇌사야가 한 손으로 그의 목을 움켜잡고 으르렁거렸다.

"지금 네가 감히 천마공자의 이름으로 나를 희롱하는 게냐!"

백사신군은 사력을 다해서 몸부림치며 읍소했다.

"아, 아닙니다! 저, 정말입니다! 그 노, 놈이 트, 틀림없이 그, 그렇게 말했습니다! 처, 천마공자에게 배웠다고……!"

혈뇌사야의 눈빛이 변했다.

그는 백사신군의 목을 옥죄던 손에 힘을 풀며 물었다.

"누구냐, 그놈이?"

"그, 그게……!"

백사신군은 당황했다.

그도 설무백의 정체를 모르는 것이다.

백사신군이 바로 대답하지 못하자, 혈뇌사야의 눈빛이 싸늘하게 식었다.

혈뇌사야의 손에 다시금 힘이 들어가는 것을 느낀 백사신군은 다급하게 소리쳤다.

"저는 모릅니다만, 장강 애들은 아마 알고 있을 겁니다! 그놈들 태도를 보면 꽤나 긴밀한 관계로 보였습니다! 게다가 그놈은 젊은 놈인데 은발인 별종이라 정체를 알아내기 어렵지 않을 겁니다! 아니, 제게 약간의 시간을 주십시오! 제가 알아오겠습니다!"

"아니, 그냥 내가 알아보도록 하지."

혈뇌사야가 심드렁하게 대꾸하며 백사신군의 목을 잡은 손에 순간적인 힘을 주었다.

"컥!"

백사신군이 자신의 목을 움켜잡은 혈뇌사야의 손목을 두 손으로 잡고 매달리며 빠져나가려고 용을 썼으나, 소용없었다.

숨이 막힌 백사신군은 힘겹게 바동거리다가 이내 시커멓게 변한 혀를 빼물며 죽어서 축 늘어졌다.

혈뇌사야는 슬쩍 백사신군의 주검을 밀러내고는 자신의 손목을 바라보며 슬쩍 미간을 찌푸렸다.

그의 손목에는 검붉은 자국이 생겨나 있었다.

백사신군이 두 손으로 움켜잡고 용을 쓰면서 남긴 손자국이었다.

"사망혈사공을 대성한 내게 이런 상처를 남길 만한 마교의 마공은 지존의 절기인 천마지존수(天魔至尊手)밖에는 없다고 자부했는데, 실로 놀랍군. 지난날 천사교가 패왕문을 멸문하면서 몇몇 절기를 습득했다고 하더니만, 그들의 삼대비기 중 하나인 패왕수가 이놈의 손에 들어갔었군그래."

딱히 대상을 정해 두고 하는 말이 아니라 그저 혼잣말인 중얼거림이었는데, 대답하는 사람이 있었다.

"패왕문의 패왕수라면 천하십대권법의 하나입니다. 저는 그런 극강의 절기에 고작 그 정도 흔적이 다인 사부님의 무력이 더 놀랍습니다."

장인곡의 초입이 시작되는 안쪽이었다.

대나무처럼 바싹 마른 체구에 반달처럼 크게 휘어진 거대한 반월도를 등에 매고 있는 사내 하나가 게슴츠레한 느낌의 실눈을 반달 모양으로 만들어서 어색하게 웃으며 걸어오고 있었다. 바로 혈뇌사야의 제자인 혈검사영이었다.

혈뇌사야가 짐짓 눈총을 주었다.

"네놈은 혀에 꿀을 바르고 사냐? 아부도 정도껏 해야지, 어째 그리 달달한 말을 해서 이 늙은 사부의 속을 느글거리게 만드는 게야?"

혈검사영이 어깨를 으쓱했다.

"그래도 없는 말을 하지는 않습니다. 저도 사부님을 닮아서 꽤나 고지식하거든요."

혈뇌사야가 픽 웃고는 혈검사영의 뒤쪽, 늘어진 숲으로 그늘진 장인곡을 바라보며 말문을 돌렸다.

"깔끔히 정리했지?"

혈검사영이 자세를 바로하고 공수하며 대답했다.

공사를 분명하게 구분하는 태도였다.

"스물두 명이 주둔하고 있었습니다. 그중 초혼사자는 하나,

호교사자가 여덟, 나머지는 호교처사였는데, 전부 정리했고, 흔적은 남기지 않았습니다."

"잘했다."

혈뇌사야가 짧게 치하하며 돌아섰다.

혈검사영이 재빨리 뒤를 따르며 물었다.

"궁금한 것이 있습니다."

혈뇌사야가 쳐다보지도 않고 넘겨짚었다.

"이래도 되냐고?"

혈검사영이 멋쩍은 기색으로 수긍했다.

"예."

혈뇌사야가 의미심장한 미소를 흘리며 말했다.

"이래도 되는 일이 아니라, 이래야 되는 일이다."

혈검사영이 말꼬리를 잡았다.

"저는 사부님과 천사교주의 관계가 매우 돈독하다고 생각했습니다."

혈뇌사야가 당연하다는 듯이 인정했다.

"돈독하지. 하지만 그거와 이거는 별개의 문제다. 돈독한 사이라고 해서 같은 길을 가라는 법은 없으니까. 하물며 그는 과거 천마공자께서 실종되셨을 때, 내 편에 서지 않았다."

"다른 분의 편에도 서지 않았지요."

"그래, 그랬지. 침묵으로 중립을 지켰지. 그래서 지금 내가 다른 누구보다도 그와 가깝게 지내면서도 또한 신중하게 처신

하는 거다. 방관자는 그 어떤 적보다 더 강적으로 돌변할 수 있다는 것을 역사가 증명하고 있으니까."

"그 말씀인 즉……."

혈검사영이 잠시 뜸을 들이다가 물었다.

"사부님께서는 여전히 생사불명인 천마공자의 편에 서시겠다는 말씀이겠죠?"

혈뇌사야가 단호하게 대답했다.

"너도 알다시피 이 사부는 고지식한 사람이 아니더냐! 내 사전에 적통을 무시하는 일은 절대 있을 수 없다!"

혈검사영이 이제야말로 충분히 이해했다는 듯 묵묵히 고개를 끄덕였다.

혈뇌사야가 슬쩍 고개를 돌려서 속을 알 수 없는 눈빛으로 그런 혈검사영을 쳐다보며 물었다.

"싫으냐?"

혈검사영이 천만에 말씀이라는 듯 즉시 고개를 숙이며 대답했다.

"싫기는요. 전혀 아닙니다. 제가 그래서 더욱 사부님을 존경할 뿐입니다. 말씀드렸다시피 제자 역시 사부님 못지않게 고지식한 놈이니까요."

혈뇌사야가 새삼 피식 웃는 낯으로 발걸음을 재촉하며 말했다.

"중원 무림은 이미 끝났다. 그들은 더 이상 우리 마교의 힘을 감당할 능력이 없다. 해서, 이제 우리의 적은 외부가 아니라 내부에 있는 거다. 마교를 구성하는 일궁삼전오문십종이 바로 우리의 적인 거다. 이제야말로 진정한 싸움이 시작된 거지."

그는 가슴이 벅차다는 듯이 심호흡을 하고는 힘준 목소리로 말을 더했다.

"제아무리 역사가 제국의 몰락은 외세가 아니라 내부의 반목에 기인한다는 것을 증명한다고 해도 어쩔 수 없다. 이는 하늘이 정한 순리요, 악마가 설계한 불변의 철칙이다. 천하의 그 어떤 제왕도 자신의 머리 위에 다른 자가 군림하는 것을 용납하지는 않으니까!"

혈검사영이 과연 그렇다는 표정으로 고개를 끄덕였다. 그러다가 그는 불쑥 맥 빠지는 소리를 했다.

"하지만 사부님은 제왕이 되실 생각은 없지 않습니까?"

혈뇌사야가 자못 음충맞은 기소를 흘리며 말했다.

"흐흐, 그러니 네게는 더 좋지 않으냐. 만에 하나라도 내가 정상을 차지하면 그 자리는 틀림없이 네가 가질 수 있을 테니 말이다."

혈검사영이 화들짝 놀란 기색으로 손사래를 쳤다.

"무슨 그런 끔찍한 소리를 다하십니까. 제가 고지식할 뿐만 아니라 귀찮은 일은 딱 질색하는 성격이라는 것을 사부님도 잘 아시지 않습니까. 저는 모두의 표적이 되는 정상의 자리는 싫습니다. 그 아래 이인자의 자리에서 속편하게 호의호식하며 살

거니까, 다시는 그런 소리 마십시오."

혈뇌사야가 실소하며 혈검사영을 바라보았다.

혈검사영의 말을 진심으로 믿는 눈치는 아니었으나, 그게 가식이든 아니든 그렇게 말하는 혈검사영을 싫어하는 기색은 아니었다.

그런 그의 마음을 아는지 모르는지, 혈검사영이 실로 그럴 수는 없다는 듯 재우쳐 못을 박았다.

"사부님이 원하시니 정상을 차지하기 위한 싸움은 할 겁니다. 대신 언제고 그 자리를 차지했을 때 사부님이 싫다 하시면 저 역시 싫습니다. 지나가는 비렁뱅이에게라도 그 자리를 내주고 말 테니, 그리 아십시오. 거짓말이 아닙니다. 제가 가늘고 길게 오래 사는 것이 꿈인 거 사부님도 잘 아시죠?"

"그래그래, 어련할까싶다, 네가."

혈뇌사야는 기가 차다는 듯이 한숨을 내쉬며, 그러면서도 전혀 싫은 기색은 아닌 얼굴로 탄식하고는 발걸음을 재촉했다.

"알았으니까, 어서 가자. 떡 줄 놈은 생각도 않는데 김칫국부터 마시는 우리가 너무 한심해서 낯간지러워 죽겠다."

"흐흐, 그리고 보니 그러네요."

혈검사영이 재빨리 혈뇌사야의 뒤를 따라붙으며 히죽거리고는 재우쳐 확인했다.

"장강으로 가실 거죠?"

혈뇌사야가 고개를 저었다.

"아니, 거긴 나중에."

혈검사영이 고개를 갸웃했다.

"그럼 어디를……?"

혈뇌사야가 말했다.

"당연히 천사교부터 가 봐야지."

그는 음충맞게 웃으며 덧붙였다.

"흐흐, 작심하고 나선 싸움에서 패한 놈의 면상을 봐주는 것이 우리네 마도의 예의거든. 백발귀신을 찾는 건 그다음이다."

사신사도死神死道 (3)

그때 혈뇌사야가 말하는 백발귀신, 설무백은 목적지인 동호
(東湖)에 도착해서 환생한 삶의 새로운 전기가 되는 사건을 맞이
하고 있었다.

동호는 호북성 무한의 동쪽에 자리한 호수인데, 소주(蘇州)와
더불어 하늘에는 천당이 있고, 땅에는 소항(蘇杭)이 있다는 말
이 떠돌 정도로 유명한 풍광을 자랑하는 항주(杭州)의 서호(西湖)
와 쌍벽을 이루는 명승지로, 옛날부터 수많은 시인묵객들이 찾
아 와서 명시를 남길 정도의 절경을 자랑했다.
  그러나 남북대전을 거쳐 마교가 발호한 작금에 이르러서 동
호는 여타 지방의 명승지와 마찬가지로 사람들의 발길이 뜸해

지며 시시때때로 사람들의 모습이 사라진 고즈넉한 풍경마저 보이곤 했다.

설무백 등이 도착한 시점도 그랬다.

황홀한 노을을 감상할 수 있는 해가 이미 저물고 벌써 땅거미가 진 다음이라서 그런 것인지도 모른다.

과거 평소에는 하루 온종일 행락객으로 발을 디딜 틈도 없었다는 호반(湖畔)에 사람은커녕 개미 새끼도 보이지 않았다.

공야무륵이 말했다.

"너무 을씨년스럽게 느껴지는 건 기분 탓이겠죠?"

"그러게……"

설무백은 수긍하며 덧붙였다.

"그래서 여기로 정한 거겠지."

공야무륵이 동의했다.

"하긴, 흑도천상회의 총단을 지근거리에 두고서 이렇게 한적한 곳이 또 어디에 있을까 싶네요."

마침 그때 인기척이 느껴지며 호반으로 접어드는 길목을 통해서 일단의 무리가 모습을 드러냈다.

비접 부약운이 선두에서 이끄는 십여 명의 사내들, 바로 설무백이 사전에 만나기로 약속한 흑선의 무리였다.

설무백은 반색하며 슬쩍 손을 들어 보이다가 슬며시 안색이 변했다.

그 상태로, 그는 나직이 뇌까렸다.

"흑영과 백영이 보이지 않는군."

앞서 설무백은 오늘 이 자리에서 부약운이 새롭게 포합한 흑선의 요원들과 만나기로 했다.

그래서 약속 장소에 도착한 즉시 혹시나 하는 염려로 흑영과 백영을 보내서 흑도천상회를 벗어나는 길목에 지키도록 했다.

만에 하나 흑도천상회를 나서는 부약운 등의 뒤를 누군가 따라붙을 수도 있다는 생각으로 취한 조치였다.

그런데 이상한 일이었다.

정작 부약운 등이 도착했음에도 흑영과 백영이 나타나지 않고 있었다.

'저들의 뒤에 붙은 꼬리를 처리하고 있는 건가?'

설무백이 생각할 수 있는 가능성은 그거 하나였다.

그거 말고는 다른 이유가 있을 수 없었다.

그때였다.

호반으로 다가오는 무리의 선두로 나서 있는 부약운이 왠지 모르게 울상인 얼굴로 연신 입술을 달싹이고 있었다.

설무백과 그녀의 거리는 어림잡아도 칠십여 장이나 떨어진 상태였고, 이미 어둠에 내린 상태였으나, 고도로 발달한 설무백의 시야는 그것을 놓치지 않았다.

설무백은 최대한 안력을 집중해서 부약운의 얼굴과 그 입모양을 확인했다.

부약운을 울고 있었고, 그녀가 힘겹게 달싹이는 입모양은 두 개의 단어를 반복하고 있었다.

'피해…… 함정……?'

설무백은 일순 그 의미를 깨달으며 안색이 변했다.

그러나 이미 늦었다.

호반으로 다가오던 부약운 등의 무리가 발걸음을 멈춘 것
도, 영혼까지 뒤흔들어 놓을 것처럼 거대한 폭음이 터지며 그
를 중심으로 반경 오십여 장의 대지가 뒤집어진 것도 바로 그
순간이었다.

꽈르릉-!

고막을 때리는 엄청난 소음과 함께 설무백의 시야에 들어온
주변의 풍경이 삽시간에 변하고 있었다.

순간, 설무백의 뇌리에 스치는 이름이 하나 있었다.

'이화신마(理火神魔)!'

과거 마교의 일차 발호 당시 가장 많은 강호 무림의 무인들
을 죽인 마두의 명호가 바로 이화신마였다.

이유는 오직 하나, 그가 산서벽력당의 주인 가문인 산서뇌
화가와 쌍벽을 이루는 화기 제조의 명인이 마도 고수였기 때문
이다.

설무백은 발작적으로 소리쳤다.

"피해!"

수백 개의 벼락이 동시에 떨어지는 것 같은 엄청난 소음이
설무백의 외침을 삼켰다.

그래도 공야무륵과 요미라면 내공을 실은 그의 외침을 듣지 못했을 리는 만무했는데, 그들은 피하지 않았다.

나름 여유를 부리며 한가하게 저 멀리서 호숫가를 거닐던 요미도, 그리고 저만치 뒤에서 시립해 있던 공야무륵도 오히려 그에게 달려오고 있었다.

"으아아아ー!"

설무백은 주변의 땅거죽이 온통 뒤집어지고 뜨거운 열기를 뿜은 새하얀 섬광이 폭사되는 폭발의 중심에서 비명과도 같은 괴성을 질렀다.

그는 사력을 다해 끌어 올린 전신의 공력으로 호신강기의 범위를 넓히며 다가오는 요미와 공야무륵의 곁으로 이동하고 있었다.

어떻게든 요미와 공야무륵을 구하기 위해서였다.

하지만 그게 실수였다.

적어도 그의 입장에서는 그랬다.

기존의 호신강기였다면 제아무리 과중한 폭약의 폭발 속에서도 그는 견디고 버틸 수 있었을 터였다.

철벽의 호신강기인 불사마화강을 두른 그의 육체는 금강불괴와 다름없는 극강의 철마지체이기 때문이다.

제아무리 대단한 폭발의 여파도 불사마화강에 이어 철마지체까지 타격을 줄 수는 없었을 것이다.

그러나 범위를 넓힘으로서 약화된 불사마화강은 반경 오십여 장의 대지를 초토화시키는 거대한 폭발을 감당하지 못했다.

또한 설상가상(雪上加霜), 엎친 데 덮친 격으로 철마지체의 발현마저 늦었다.

요미와 공야무륵의 안위를 살피는 데 주의를 기울이느라 정작 자기 자신의 보호를 등한시한 결과였다.

철마지체는 그가 의식하지 않아도 본능을 앞서는 감각에 따라 위기의 순간에 절로 발동하는 호신체(護身體)였으나, 그가 요미와 공야무륵의 안위를 지키는 데 전력을 다하는 바람에 정작 자신의 보호에 대한 직관이 늦게 발동한 결과였다.

그 때문이었다.

설무백이 감당해야 할 상처는 실로 컸다.

우선 설무백은 자신의 의지와 무관하게 하늘 높이 날아올랐다. 폭발의 여파가 그의 전신을 강하게 밀어붙이고 있었다.

보통의 경우라면 약간의 내공만을 운기해서 몸을 무겁게 하는 수법인 천근중추공(千斤重鎚功)을, 일명 천근추(千斤鎚)를 펼치기만 해도 얼마든지 버틸 수 있었을 텐데, 지금의 그는 전혀 그럴 수가 없었다.

호신강기를 뚫고 들어온 폭발의 압력과 수십 수백의 잔해들이 완전하게 펼치지 못한 그의 철마지체를 난자해서 운기조차 제대로 조율할 수 없을 정도로 막대한 내상을 입혔기 때문이다.

다만 정신은 있었다.

그래서 지금 이 순간 그를 지배하는 것은 고통이었다.

머리는 쪼개질 것처럼 혹은 이미 쪼개진 것처럼 어지럽고, 전신은 가루로 바스러지는 것처럼 아팠다.

'죽지는 않은 건가?'

아마도 그럴 것이다.

고통을 느낄 수 있다는 것은, 아프다는 것은 적어도 아직 죽지 않고 살아 있다는 증거가 아니겠는가.

살았다.

아직 죽지 않았다.

설무백은 그것을 인지하자 요미와 공야무륵의 안위가 걱정됐다.

'살았겠지?'

생각이 거기에 이르자, 설무백은 지금 자신의 시야에 아무 것도 보이지 않는다는 사실을 인지했다.

설무백은 손을 들어서 눈을 비비려고 했으나, 가능하지 않았다.

그의 의지대로 손이 움직여 주지 않고 있었다.

아니, 아예 손에 대한 감각 자체가 없었다.

그 어떤 고통도 느껴지지 않긴 하지만, 폭발의 여파로 떨어져 나갔거나 완전히 마비된 것 같았다.

그는 사력을 다해서 눈을 깜박거려 보았다.

이건 되었다.

마치 창문에 뿌려진 먹물이 씻겨 나가는 것처럼 그의 시야가 서서히 회복되고 있었다.

그리고 희뿌연 그의 시야에 들어온 것은 별이 총총히 빛나는 검푸른 창공이었다.

그는 하늘을 보는 자세로 높이 부상하고 있었던 것이다.

그런데 그때였다.

전율과도 같이 짜릿한 허전함이 그의 전신을 지배했다.

하늘높이 떠오르던 그가 한순간 정점에 도달한 것이다.

그다음은 추락이었다.

쐐애액―!

설무백은 머리가 아래로 내려가며 빠르게 지상으로 추락하기 시작했다.

여전히 정신은 있었다.

그래서 그는 서서히 그리고 이내 더 없이 빠르게 시야로 확대되는 대지를 고스란히 느낄 수 있었다.

정신이 아득해졌다.

여전히 아무런 고통도 느껴지지 않았지만, 그 무감각함이 오히려 더 정신적인 고통을 안겨 주었다.

'이대로 떨어지면…….'

아마도 죽을 터였다.

지금 그는 수천 장 높이에서 무기력하게 대지로 처박히고 있었다.

그가 제아무리 천하에 다시없을 정도로 신비막측한 괴공이 기를 대성했다고 해도 이대로는 실로 살아남기를 기대하기 어렵고, 설사 살아남는다고 해도 온전히 거동할 수 있는 사람으로 살아갈 가능성은 매우 희박한 것이다.

'이럴 줄 알았으면 조금이라도 더 잘해 줄 걸…….'

설무백은 가없이 밀려오는 무기력함 속에서 지그시 눈을 감았다.

감긴 그의 시야로 전생의 기억에 이어서 환상한 이후 주변을 지켜 준 사람들의 모습이 주마등처럼 스쳐 지나갔다.

시간의 흐름이 정지한 것 같은 기분 속에서 그간 그가 겪고 지나친 장구한 시간들이 찰나처럼 빠르게, 그러면서도 한순간을 수백만 개로 쪼개서 보는 것처럼 세세하게 그의 정신을 스쳐 지나가고 있었다.

가없는 회한과 이제는 돌이킬 수 없다는 후회가 밀물처럼 밀려와서 그의 가슴을 무겁게 짓눌렀다.

'차라리 배신자들의 목만 베어 버리고 금분세수, 은둔자로 편하게 살 걸 그랬나? 내가 무슨 난놈이라고 주변을 챙기며 이런 오지랖을 부렸을까?'

아니다.

그게 아니다.

그는 다시 태어난 몸이었다.

그러니 다르게 살아야 했다.

그때는 하지 못하고 후회했지만, 이제는 그러고 싶지 않았다.

후회하는 인생을 살지 말아야 했다.

그럴 바에야, 또 다시 후회하는 인생을 살 바에야 지금처럼 그냥 원하는 바를 하다가 죽는 게 더 나았다.

그는 더 없이 홀가분해진 심정으로 그간 자신의 주변을 지켜 준 사람들의 면면을 하나씩 돌아보았다.

그 속에서 마지막으로 떠오른 건 아버지와 어머니, 그리고 남궁유화가 젖을 먹이고 있는 간난아이 소천의 모습이었다.

'……내 아이가 맞나?'

설무백은 작금의 처지와 전혀 어울리지는 그런 한가한 생각을 하며 서서히 아득한 잠에 빠져들었다.

'이대로 죽는 건 싫은데……! 살아야 하는데! 살고 싶은데!'

정말 싫지만 어쩔 수 없었다.

분명 좌절하거나 절망하고 포기한 것이 아님에도 그는 죽음을 직면한 자신의 처지가 마치 남의 일처럼 느껴지며 더 없이 무기력해졌고, 나락으로 떨어지듯 한없이 아득해지는 정신을 더 이상 잡고 있지 못했다.

❦

설무백이 거대한 폭발의 중심에 있었다면 공야무륵의 위치는 중심을 벗어난 외곽이었고, 요미는 그보다 더 먼 외곽에 있었다.

그 차이는 실로 작지 않아서, 공야무륵은 설무백의 비호를 받고도 폭발의 여파에 휩쓸려서 저 멀리 가랑잎처럼 날아갔으나, 요미는 폭발의 여파에 밀려나서 중심을 잃고 바닥을 구르는 것이 다였다.

이는 요미의 사천미령제신술이 기본적으로 공야무륵이 익힌 신공이기에 비해 주변의 변화에 민감하게 반응한다는 측면도 강하게 작용한 상황이었는데, 그래서 먼저 자세를 바로한 것도 요미였다.

"오빠……?"

요미는 설무백의 비호에도 불구하고 상당한 상처를 입어서 선혈이 낭자한 모습이었으나, 그게 아랑곳하지 않고 설무백의 행방부터 찾았다.

폭발의 순간에 설무백이 호신강기를 펼쳐서 자신과 공야무륵을 돕는 것까지는 그녀도 느낄 수 있었는데, 그다음 순간에 폭발의 여파를 견디지 못하고 나뒹구는 바람에 설무백의 행방을 놓쳐 버린 것이다.

그러나 반경 오십여 장의 대지가 뒤집어지는 엄청난 폭발의 여파는 그녀가 중심을 잡고 일어난 다음에도 여전했다.

치솟는 땅거죽과 자욱하게 흩날리는 흙먼지가 어둠을 더욱 어둡게 만들어 버려서 사위를 분간하기 어려울 정도였다.

가뜩이나 엄청난 폭발의 굉음으로 인해 귀가 멍하고 머리가 띵한 요미가 그와 같은 환경 속에서 설무백의 위치를 찾아내기란 실로 어려운 일이었다.

하지만 요미는 포기하지 않았고, 결국 그 어려운 일을 해냈다.

재수가 좋았다.

거의 울부짖는 모습으로 폭발의 현장을 이리저리 헤매던 그녀의 시야에 저 높은 공중에서 떨어져 내리는 설무백의 모습이 들어온 것이다.

"으아아……!"

요미는 비명과도 같은 괴성을 내지르며 신형을 날려서 엄청난 속도로 떨어지는 설무백을 간발의 차이로 받아 냈다.

워낙 무지막지한 속도로 떨어지는 까닭에, 또한 그녀 역시 온전한 몸이 아니었기에 중심을 잃으며 그녀가 대신 등부터 바닥에 처박혔지만, 그에 따른 아픔은 그녀에게 전혀 느껴지지 않았다.

그녀에겐 다른 무엇보다도 설무백의 안위가 먼저였다.

"오빠!"

요미는 다급하게 설무백의 상세를 살펴보았다.

다행히 설무백은 죽지 않았다.

마치 죽은 것처럼 선혈이 낭자한 모습이었으나, 맥이 뛰고 호흡도 있었다.

요미는 내심 한시름 놓으며 털썩 주저앉다가 이내 발딱 일어나서 설무백의 앞으로 나서며 전방을 경계했다.

쿵-! 쿵-!

거칠고 사나운 기척이 다가오고 있었다.

도저히 인간의 것이라고 생각할 수 없는 무거운 발자국 소리와 한없이 드높은 살기가 바로 그것이었다.

요미는 반사적으로 칼을 뽑아 들었다.

십대흉기의 하나인 혈마비의 예리한 살기가 충천했고, 그 아래서 그녀는 삽시간에 한 마리의 독 오른 암사자로 변해 있었다.

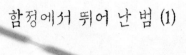

함정에서 뛰어 난 범 (1)

"고년 참 쓸 만하네."

휘날리는 흙먼지가 서서히 가라앉는 와중에 모습을 드러낸 무리의 선두인 사내 하나가 요미를 향해 히죽 웃으며 말하고 있었다.

"요안마녀라고 해서 쭈그렁 노파는 아니겠거니 했다만, 이건 정말 그냥 버리기 아까운 절색인데 그래?"

당장에 한 대 쥐어박아도 시원찮을 정도로 음흉스러운 말을 건넨 상대는 칠척장신의 건장한 체격이나 선이 굵게 사각으로 각진 턱과 어울리지 않게 가늘고 작은 뱀눈을 가진 이십대의 사내였다.

그러나 요미의 시선은 시종일관 그 사내가 아니라 그 곁에

허수아비처럼 서 있는 비접 부약운이 다시 그 곁에 서 있는 두 명의 흑의사내에게 고정되었다.

요미는 부약운의 모습을 보고 나서야 깨달았다.

부약운의 배신에는 피치 못할 사정이 있는 것 같았다.

지금 그녀의 두 눈에 그렁그렁 맺혀 있는 눈물이 그것을 웅변적으로 말해 주고 있었다.

하지만 요미는 이제 그것을 충분히 알았음에도 섣불리 움직이지 않았다. 이전이었다면 벌써 달려들었어도 열 번은 더 달려들었을 테지만, 지금은 참고 또 참고 있었다.

바로 부약운의 곁에 서 있는 피풍을 걸친 두 명의 사내가 원인이었다.

지금 뱀눈 사내와 요미의 사이에 서 있는 그들, 피풍의 두 사내는 실로 묘한 구석이 있어서 그녀로서도 선뜻 나설 수가 없었다.

뭐랄까?

무심해서 오히려 싸늘하게 느껴진다고나 할까?

일말의 감정도 느껴지지 않는 무심함의 극치인 그들, 피풍을 걸친 사내들의 얼굴과 눈빛은 흡사 아무런 감정도 없이 사람의 생명을 끊어 버릴 수 있는 도살자의 모습으로 다가와서 절로 등골이 오싹해졌다.

그런 그녀의 마음을 아는지 모르는지 뱀눈의 사내가 실실 웃으며 다시 말했다.

"나는 쾌활림의 흑표라고 한다. 흑표라는 내 이름을 걸고 약속하는데, 지금 네가 순순히 항복하고 투항하면 살려 주는 것은 물론, 향후 내 옆에서 천하를 굽어보게 해 주마. 어떠냐? 괜한 의리 따위로 목숨을 잃는 것보다 그게 백 배 낫지 않겠냐?"

그랬다.

뱀눈사내는 바로 흑선궁과 더불어 강호 무림의 양대흑도 중하나인 쾌활림주이자, 무림오왕의 하나인 암왕 사도진악의 제자인 흑표였던 것이다.

그러나 요미는 그게 아랑곳하지 않고 여전히 흑표의 말을 무시한 채 눈물을 흘리고 있는 부약운을 바라보며 말했다.

"보다시피 지금 내가 사정이 좀 그래서 언니까지 구해 줄 수가 없어. 이해하지?"

부약운은 대답하지 않았다.

아니, 아혈을 제압당해서 말을 할 수가 없는 것인데, 대신 그녀는 눈물이 뚝뚝 흐르는 얼굴로 기다렸다는 듯이 고개를 끄덕이고 있었다.

"이런 건방진……!"

흑표가 이제야 자신을 없는 사람처럼 무시하는 요미의 태도에 빈정이 상한 듯 격하게 소리쳤다.

"사군(邪君), 야효(夜梟)! 저년을 잡아라!"

흑표와 부약운 사이에 서 있던 피풍을 걸친 두 사내가 성큼 앞으로 뛰어나왔다.

요미는 기다렸다는 듯 그 순간을 노렸다.

아무런 사전 동작도 없이 순간적으로 쏘아진 그녀는 수중의 혈마비를 잔인하게 휘둘러서 앞으로 나서는 두 사내의 목과 가슴을 여지없이 베고 찔러 버렸다.

그녀가 무당마검이 전해 준 양의심공으로 인해 터득할 수 있었던 수라구류도의 두 초식이 연속해서 펼쳐진 것이었다.

그런데 다음 순간 실로 놀랍다 못해 어처구니없는 일이 벌어졌다.

칵―!

쇠가 쇠를 긁는 것 같은 소음과 함께 요미는 절로 오만상을 찡그리며 물러났다.

그녀는 분명 혈마비로 사내들의 목과 가슴을 베고 찔렀는데, 강철도 무처럼 베어 버리는 혈마비가 마치 거대한 철벽에라도 부딪친 것처럼 튕겨져 버렸던 것이다.

"무, 무슨 이런 말도 안 되는……?"

요미는 크게 당황하며 뒷걸음질했다.

피풍의 두 사내가 무심한 모습, 무감동한 눈빛으로 그녀를 바라보며 아무렇지도 않게 뚜벅뚜벅 다가섰다.

요미는 질끈 입술을 깨물고 순간적으로 나서며 재차 수라구류도의 한 초식을 발휘해서 다가서는 두 사내 중 하나의 목을 베었다.

확인이었다.

카각-!

혈마비의 서슬이 사내의 목을 정확하게 베었다.

그러나 역시나 달라지는 것은 없었다.

혈마비는 앞서와 마찬가지로 철벽을 긁은 것처럼 속절없이 미끄러졌고, 사내는 약간 주춤하며 뒤로 밀러났을 뿐, 이내 아무렇지도 않게 그녀를 향해 다가서고 있었다.

요미는 그제야 알았다.

"천강시!"

틀림없었다.

피풍의 사내들은 사람이 아니라 강시였고, 그중에서도 전설이 말하는 천강시가 분명했다.

쇠조차 무처럼 베어 버리는 혈마비로도 베어지지 않는 괴물은 그녀가 알기로 천사교에서 인신공양을 통한 사이한 술법을 통해서 만든다는 천강시밖에 없었다.

"어떻게……?"

크게 당황하며 다급하게 물러나는 그녀를 향해서 다른 사내가, 바로 또 하나의 강시가 한 손을 몽둥이처럼 크게 휘둘러서 그녀를 공격했다.

요미는 반사적으로 손을 내밀어서 강시가 휘두른 손을 막아 냈다. 붉게 기운이 아지랑이처럼 이글거리는 손, 그녀가 가진 또 하나의 비기인 혈옥수였다.

퍽-!

둔탁한 타격음이 터지며 강시가 비틀거렸다.

대신 요미도 순간적으로 서너 장이나 주룩 밀려 나갔다.

강시의 손과 마주친 그녀의 손이 찌릿하게 마비되며 정신마저 아득해졌다. 강시는 그녀의 혈옥수조차 통하지 않을 정도로 괴물인 것이다.

격돌의 여파로 내장이 뒤틀린 요미는 입을 벌리면 피를 토할 것만 같아서 애써 어금니를 악문 채 흑표를 노려보며 씹어 뱉듯 말했다.

"천사교가 만들고 있다는 괴물이 어째서 쾌활림에 있는 거지?"

흑표가 차가운 눈빛으로 변해서 비아냥거렸다.

"모르는 게 약이고, 아는 게 병이라는 말이 있지. 불쌍하게도 방금 네년은 살아 나갈 기회를 잃었다."

그리고 싸늘하게 명령했다.

"생포는 필요 없다! 죽여라!"

흑표의 명령을 들은 피풍의 사내들이, 바로 강시가 분명한 사군과 야효의 기세가 변했다. 요미를 바라보며 다가가던 그들의 무감동한 눈빛이 온통 치열한 살기로 점철되고 있었다.

요미는 일말의 고민도 없이 뒤로 물러나서 바닥에 쓰러져 있는 설무백을 재빨리 어깨에 둘러멨다.

평소의 그녀답지 않은 후퇴였으나, 어쩔 수 없었다.

지금은 다른 무엇보다도 설무백의 안위가 우선이라는 것을 그녀는 절대 잊지 않고 있었다.

문제는 이렇게 무지막지한 괴물의 손아귀를 과연 벗어날 수 있느냐 하는 것이었는데, 바로 그때였다.

쐐애애액-!

어마무지한 파공음이 들리는가 싶더니, 저 높은 하늘에서 떨어진 시커먼 물체가 요미를 향해 다가서던 강시들을 덮쳤다.

꽝-!

요란한 굉음이 터지며 요미를 향해 다가서던 강시들이 흡사 망치로 두드린 못처럼 땅으로 푹 꺼졌다.

허리까지 땅속에 박힌 강시들의 어깨에는 각기 한 자루의 도끼가 찍혀 있었고, 그건 바로 양인부와 낭아부였다.

그랬다.

공야무륵이었다.

앞서 폭발의 여파에 휘말려서 저 멀리 나가떨어졌던 그가 정신을 수습하고 나타나서 요미를 도운 것이다.

"여기는 내가 맡을 테니, 어서 주군을 모시고 가라."

공야무륵은 어디를 어떻게 다쳤는지는 몰라도, 전신에 선혈이 낭자하고, 얼굴도 핏물을 뒤집어쓴 것처럼 붉은 혈인의 모습이었다.

그 상태로, 그는 요미를 돌아보며 히죽 웃고 있었다.

"아, 아저씨……!"

요미는 선뜻 자리를 떠날 수 없었다.

공야무륵이 슬쩍 자신의 일격으로 땅에 박힌 강시들 일별하며 채근했다.

"보다시피 이것들 정말 더럽게 단단한 괴물이라 내가 얼마나 버틸 수 있을지 모르겠다. 그러니 절대 돌아보지 말고 달려."

공야무륵의 일격은 강력했다.

요미가 십대 흉기의 하나인 혈마비로 베고 찔러도 손톱으로 긁은 것처럼 붉은 자국이 고작이었는데, 지금 강시들의 어깨에는 각기 양인부와 낭아부가 절반이나 박힌 상태인 것이다.

그러나 그게 다였다.

강시들은 그런 상태에서도 표정 하나 일그러지지 않은 채로, 그야말로 아무렇지도 않게 그저 양손으로 지면을 받치며 땅속에 박힌 자신의 몸을 꾸역꾸역 빼내고 있었다.

요미가 그래도 자리를 떠나지 못했다.

"아저씨!"

공야무륵이 언성을 높였다.

"누가 죽는데? 나 안 죽어! 내 목숨은 내가 알아서 챙기도록 할 테니까 걱정하지 마!"

그때 공야무륵의 갑작스러운 등장에 안색이 굳어졌던 뒤쪽의 흑표가 키득키득 웃는 낯으로 비아냥거렸다.

"정말 눈물겨워서 못 봐주겠네. 누가 보내 준대냐?"

요미는 그 순간 질끈 입술을 깨물며 공야무륵을 향해 말했다.

"그 말 꼭 지켜! 안 지키면 내 손에 죽을 줄 알아!"

공야무륵이 대답 대신 강시들의, 바로 사군과 야효의 어깨를 찍은 도끼를 뽑아내려다가 부지불식간에 도끼의 손잡이를 놓고 훌쩍 뒤로 물러났다.

사군과 야효가 땅에 박혀 있던 몸을 빼냄과 동시에 손을 휘둘러서 그의 손목을 잡아채려 했기 때문이다.

요미는 더 이상 지체하지 않고 신형을 날렸다.

사력을 다해서 전신의 공력을 운기하며 펼친 그녀의 경공술은 가히 벼락처럼 빠르고 바람처럼 표홀했다.

작은 체구로 작지 않은 체구의 설무백을 어깨에 둘러멘 그녀의 신형이 마치 촛불이 꺼지는 것처럼 대번에 흔적도 없이 장내에서 사라져 버렸다.

"잡아라!"

흑표의 발적적인 외침과 동시에 뒤에 시립해 있던 사내들이 전광석화처럼 튀어나가서 요미의 뒤를 쫓아갔다.

달빛에 그을린 어두운 대지 위로 쫓고 쫓기는 추격이 시작되고 있었다.

모순적이게도 고통은 또 다른 의미에서 희망이요, 희열로 해석될 수 있었다.

지금 설무백이 그랬다.

설무백의 정신은 한순간 아무것도 느낄 수 없는 무아의 공간을 벗어나서 가없는 고통의 수렁에 빠졌다.

온몸이 깨지고 부서지는 것 같은 고통이었다.

아니, 깨지고 부서진 몸을 거대한 절구에 넣고 쇠공이로 찧어서 짓이기고 가루로 만드는 것 같은 고통이 한순간도 그치지 않고 끊임없이 밀려오고 있었다.

설무백은 그래서 기뻤고, 희열을 느꼈다.

제아무리 뼈와 살을 찧고 빻는 고통일지라도 그건 그가 아직 죽지 않고 살아 있다는 증거였기 때문이다.

'살았다! 나는 아직 죽지 않았다!'

그랬다. 그는 아직 죽지 않고 살아 있었다.

설무백은 가없는 희열에 차서 온몸이 바스러지는 것처럼 혹은 불길에 녹아내리는 것처럼 치열한 고통을 인내하며 오히려 음미하고 즐겼다.

다행히 가녀리게 이어진 그의 의식이 끊어지지 않고 꿋꿋하게 버텨 주기에 가능한 일이었다.

설무백은 그처럼 가녀린 의식의 끝자락을 부여잡고 사력을 다해서 온전한 정신을 회복하려고 애썼다. 그리고 찰나의 시간이 영원처럼 길게 흐른 것 같은 느낌 속에서 기어코 온전한 정신을 회복했다.

가없는 고통만을 인지하던 의식의 폭이 서서히 넓혀지며 그 자신의 호흡과 더불어 스치는 바람과 그 내음이, 그리고 그 소리가 느껴지고 들렸다.

의식은 돌아왔으나, 오감은 아직 열리지 않았던 그가 마침내 오감이 열리며 주변의 환경과 사물을 인식하게 된 것이다.

그런 그의 눈에 처음 들어온 것은 선혈이 낭자한 모습으로 일단의 사내들과 대치하고 있는 요미였다.

설무백은 지금 있는 이곳이 어디인지, 심지어 지금 자신의 몸이 어떤 상태인지도 몰랐다.

그저 가없는 고통을 무기력하게 느껴지는 의식 속에서 오감이 열렸고, 가장 먼저 시야에 들어온 것이 일단의 사내들과 대치하고 있는 선혈이 낭자한 요미의 모습이었을 뿐이다.

그러나 기본적으로 인간의 경지를 초월한 설무백의 능력은 제아무리 깊은 상처를 입은 상태라고 해도 어디가지 않았다.

그는 눈을 한 번 깜박이자 자신의 처지가 인지되었고, 다시 한번 눈을 깜빡이자 주변의 사태가 정확히 파악되었다.

지금 그는 야트막한 바위에 등을 기대고 앉아 있었다.

거대한 폭발의 여파로 휘말려서 속절없이 저 높은 천공까지 치솟았다가 무력하게 떨어지며 죽음을 목전에 두고 있던 그를 요미가 구해서 그 자리를 벗어난 모양이었다.

그러니 대체 여기가 어딘지는 몰라도 지금 요미와 대치한 사내들은 추적자들일 테고, 별반 고절하게 보이지 않는 그 사내들을 상대로 요미가 긴장한 모습을 보이는 것은 그녀 역시 폭발의 순간에 적잖은 상처를 입었기 때문일 터였다.

'공야무륵은?'

보이지 않았다.

설무백은 지그시 어금니를 악물었다.

극도의 분노가 그의 전신에 휘감았다.

무슨 일이 있어도 그의 곁에서 떨어지지 않는 공야무륵이 보이지 않는다는 것은 죽음과도 연결되는 일이기 때문이다.

그는 애써 분노를 억누르며 바위에 기대고 있던 상체를 일으켰다.

엄청난 고통이 그를 덮쳤다.

불길에 녹아내리는 것 같은 고통이었다.

그는 그런 고통에도 불구하고 낮은 신음 하나 흘리지 않고 자리에서 일어나며 요미를 불렀다.

"요미야."

요미는 사내들과 대치한 상태라 설무백의 상황을 전혀 모르고 있었다.

그 바람에 자리에서 일어나는 설무백을 보며 적잖게 당황하는 기색을 드러낸 사내들로 인해 어리둥절하다가 설무백의 목소리를 듣고 돌아본 그녀는 그야말로 경기를 일으켰다.

"오, 오빠!"

설무백은 애써 웃어 주었다. 그리고 대치한 사내들을 살피느라 선뜻 달려오지 못하고 있는 그녀의 곁으로 다가가며 말했다.

"고생했다. 그리고 고맙다. 이제 좀 쉬어라."

요미가 왈칵 눈물을 쏟아 낼 정도로 기뻐하는 와중에도 다급히 손사래를 치며 소리쳤다.

"아니, 아니야! 내가 처리할게! 조금만 기다려! 금방 처리할 테니까!"

"그게 아니라……."

설무백은 돌아서서 당장이라도 사내들을 향해 뛰어나갈 듯한 태세를 갖추는 요미의 어깨를 잡았다. 그리고 그녀가 돌아보자, 그는 머쓱한 눈빛으로 어색한 미소를 흘리며 말했다.

"내가 필요해서 그래. 쟤들 생명이."

요미는 타고난 재원답게 대번에 설무백의 의중을 파악하며 물러났다. 그저 못내 걱정할 뿐이었다.

"정말 괜찮은 거지?"

설무백은 대답 대신 가만히 웃는 낯으로 그녀의 어깨를 두드려 주며 앞으로 나서서 사내들을 둘러보았다.

혹시나 했는데, 역시나 그의 눈이 틀리지 않았다.

사내들은 전생의 그가 거느리던, 또한 나중에 의형제인 흑표와 함께 그를 배신했던 쾌활림주 암왕 사도진악의 친위대인 흑사자들이었다.

'결국 인연이 이렇게 이어지네.'

설무백은 실로 묘한 감흥에 사로잡힌 눈빛으로 사내들을 바라보며 물었다.

"쾌활림의 흑사자들이 마공을 익히고 있다는 것은 벌써부터 쾌활림주인 암왕 사도진악이 마교의 주구가 되었다는 뜻이겠지?"

그렇다.

설무백은 첫눈에 알아볼 수 있었다.

요미가 대치하고 있던 쾌활림의 흑사자들은 하나같이 마공을 익혔다.

흑사자들이, 정확히는 다섯 명의 흑사자가 대답 대신 서로서로 당황스러운 시선을 교환하는 가운데, 수뇌로 보이는 하나가 소리쳤다.

"놈은 방금 깨어나서 제 몸 하나 주체하지 못하고 있다! 쳐라!"

틀린 말은 아니었다.

설무백은 방금 깨어났고, 살짝살짝 발걸음이 뒤틀릴 정도로 비틀거리고 있었다.

움직일 때마다 여전히 온몸에서 강렬한 고통이 느껴지는 까닭에 정상적인 거동을 할 수가 없는 것이다.

그러나 제아무리 그게 사실이라 한들 달라질 것은 없었다.

그들과 설무백의 무력은 최소한 토끼와 호랑이 정도의 차이가 나기 때문이다.

호랑이가 주저앉아 있다고 해서 달려드는 토끼에게 당할 일은 절대 없는 것이다.

설무백과 그들의 싸움도 그랬다.

수뇌로 보이는 흑사자의 말을 듣기 무섭게 두 명의 흑사자가 쇄도하며 칼을 휘두르자, 설무백은 대수롭지 않게 그들의 공격을 무시하며 두 손을 내밀었다.

쓰캉-!

거친 금속성이 터졌다.

흑사자들의 칼날이 설무백의 복부와 옆구리를 베는 소리였는데, 그게 다였다.

흑사자들이 휘두른 칼날은 설무백의 복부와 옆구리에 일말의 상처도 입히지 못했다.

호신강기와 무관하게 그의 육체는 철마지체로 변한 상태였기 때문이다.

"크……!"

흑사자들이 신음하며 수중의 칼을 놓쳤다.

칼의 손잡이를 잡고 있던 그들의 손아귀는 강렬한 반탄력을 견디지 못하고 갈기갈기 짖겨져 나가서 피를 흘리고 있었다.

그리고 그사이 그들의 얼굴이 대수롭지 않게 앞으로 뻗어낸 설무백의 손아귀에 들어갔다.

그걸 본 다른 두 명의 흑사자가 득달같이 달려들며 칼을 휘둘러서 설무백의 손목을 노렸다.

하지만 어림도 없었다.

캉-!

거친 쇳소리가 울렸다.

강철로 만들어진 칼과 피육으로 이루어진 사람의 손목이 부딪치며 나는 소리라고는 믿을 수 없는 소음이었으나, 사실이 그랬다.

그리고 그 뒤로 설무백의 손목을 노렸던 두 명의 흑사자가 앞서의 흑사자들과 마찬가지로 수중의 칼을 놓치며 뒷걸음질했다.

경악과 불신의 눈빛으로 설무백을 바라보며 물러나는 그들의 손아귀도 앞선 흑사자들처럼 갈기갈기 찢겨져서 피를 베어 나고 있었다.

때를 같이해서 설무백의 두 손아귀에 얼굴을 잡힌 흑사자들이 억눌린 트림처럼 듣기 거북한 소리를 입으로 흘려내며 수십 년의 시간을 빠르게 맞이하는 사람처럼 늙고 쪼그라들어서 껍데기만 남은 목내이(木乃伊 : 미라)로 변해 버렸다.

설무백이 천마령의 기운으로 펼친 흡정흡성대법이었다.

"으……!"

칼을 놓치고 신음하던 두 명의 흑사자가 졸지에 늙고 쪼그라들어서 죽은 동료의 모습을 보고는 기겁하며 뒷걸음질 했다.

설무백은 수중의 주검을 가차 없이 내던지고 그들을 향해 한 걸음 내딛으며 재차 두 손을 내밀었다.

"헉!"

흑사자들의 얼굴이 여지없이 설무백의 손아귀로 들어갔다.

설무백의 한 걸음이 그들이 열 걸음으로 물러난 대여섯 장의 거리를 순간적으로 지워 버린 까닭이었다.

그리고 끔찍하게 보이는 같은 일이 반복되었다.

"끄으……!"

설무백의 손아귀에 얼굴을 잡힌 두 명의 흑사자는 비틀린 입으로 트림처럼 듣기 거북한 소음을 흘리며 앞선 동료들의 전철을 밟아서 수십 년의 풍상을 일시에 겪는 사람처럼 늙고 마른 모습으로 죽어 버렸다.

설무백은 그들의 주검도 무심하게 손에서 털어 내며 마지막 남은 흑사자에게 시선을 주었다.

놀랍게도 지금의 그는 앞서 처음 비틀거리며 나섰을 때와는 전혀 다르게 생기가 넘치는 모습이었다.

마치 앞서 비틀거린 모습이 그들을 유인하기 위한 고도의 기만술인 것처럼 매우 정상적인 거동이었고, 눈빛은 별처럼 초롱초롱하게 달라져 있었다.

흡정흡기신공의 공능이었다.

천마령의 기운으로 발휘하는 설무백의 흡정흡기신공은 단순히 상대의 내공만이 아니라 순수한 정기(精氣)도 흡수하기 때문에 상당한 내상을 입은 채 거의 탈진했던 그가 본래의 기력을 되찾고 있는 것이다.

"으으……!"

마지막 남은 흑사자가 이제야 사태를 절감한 듯 귀신을 보는 쳐다보는 눈빛으로 설무백을 바라보며 뒷걸음질 하다가 넘어져서 엉덩방아를 찧었다.

설무백은 그런 흑사자에게 다가가며 물었다.

"너희 흑사자들의 수장이 흑표냐?"

"……!"

가뜩이나 큰 흑사자의 두 눈이 한층 더 커졌다.

경악과 불신, 두려움에 이어 떠오른 의혹의 감정이었다.

쾌활림의 흑사자는 암왕 사도진악이 실로 대외적으로 극비리에 조직한 친위대인데, 그들의 수장이 누군지 알고 있으니 그로서는 놀라고 당황할 수밖에 없는 것인데, 그것으로 충분했다.

실로 대답보다 더욱 확실한 수긍인 것이다.

"그래, 알았다."

설무백은 짧게 수긍하고는 순간적으로 나서며 손을 내밀어서 흑사자의 얼굴을 손아귀로 움켜잡았다.

"헉!"

흑사자가 발버둥을 쳤으나, 소용없었다.

그의 얼굴을 움켜잡은 설무백의 손은 흡사 거대한 족쇄처럼 꿈쩍도 하지 않았고, 그사이 그는 동료들의 전철을 밟으며 세월을 앞지른 목내이로 변해 버렸다.

그리고 때를 같이해서 설무백의 신색은 완전하게 본래의 모습을 되찾았다.

그 상태로, 그는 돌아서서 요미를 바라보며 색한 미소를 흘렸다.

"조금 끔찍하긴 하지?"

요미가 대답 대신 둥지를 찾은 새처럼 그의 가슴팍으로 달려들었다. 그리고 그의 가슴에 파묻혀서 말없이 울고 또 울었다.

애써 참고 또 참았던 감정이 북받쳐서 끝내 서러움으로 터져 버린 것이다.

설무백은 그런 그녀의 어깨를 토닥였다.

"미안하다. 내가 너무 자만했어."

이윽고, 감정을 추스르며 눈물을 닦고 콧물을 훌쩍이던 요미가 퍼뜩 정신을 차렸다.

"아참, 공야 아저씨!"

요미는 다급하게 설무백이 혼절한 당시의 일을 설명해 주고, 그게 벌써 사흘 전의 일이라는 사실을 강조하며 소매를 잡아끌었다.

"죽지 않겠다고 약속은 했지만……! 어쨌든, 빨리 가요!"

⚜

사흘은 길면 길고 짧다면 짧은 시간이었으나, 적어도 흑영과 백영에게는 정말이지 지금까지 살아온 나날보다 족히 수백 배는 더 길게 느껴지는 시간이 아닐 수 없었다.

흑도천상회의 총단으로 가는 길목에서 부약운을 기다리고

있다가 낯선 자들의 기습적인 독공에 당해서 생포당한 이후 그들이 보낸 지난 사흘은 매순간이 악몽과도 다름없는 지옥을 경험하는 고통의 연속이었기 때문이다.

아니, 지옥보다도 더했다.

그들을 생포한 자들은 정말 간신히 죽지 않을 만큼만, 그래서 차라리 죽고 싶을 정도로 그들을 고문하며 괴롭혔다.

세상에 존재하는, 아니, 세상에 존재하지 않는 것 같은 온갖 고문술이 총동원되었다.

놈들은 정말이지 오만가지 고문으로 매순간 그들의 의식을 지옥의 구렁텅이 속에서 헤매도록 만들었다.

그들은 죽을 것 같은 고통이지만 정작 죽지는 않는, 죽고 싶어도 죽을 수는 없는 고통의 나락에서 사흘을 보냈던 것이다.

불행 중 다행인 것은 그들의 의식이 종종 인내하기를 멈추고 혼절해서 무명(無明)속으로 빠진다는 사실이었다.

그렇지 않았다면 그들은 죽진 않았을지 몰라도 완전히 미쳐 버려서 제정신이 아니게 되었을 터였다.

요컨대 의식이 고통 속을 헤매다가 끊어지고, 다시 이어졌다가 꺼지기를 반복하는 것이 지금 그들이 처한 상황인 것이다.

그러나 그럼에도 불구하고 그들은 좌절하거나 절망하지 않았다.

절대 포기하지 않았다.

그럴 만한 능력과 가치를 지닌 사람을 알고 있기 때문이었다. 이유야 어쨌든 이제는 혼절이 안식의 시간으로 변해 버린 그들의 의식을 다시금 치열한 고통이 두드려서 깨웠다.

"으……!"

흑영과 백영은 소스라치도록 쓰라린 기운에 떠밀려서 정신을 차렸다. 전신의 살을 칼로 저미는 듯한 고통을 느끼며, 그들은 절로 신음을 흘렸다.

다만 그에 따른 의문은 들지 않았다.

그동안 몇 번이나 정신을 차리고 또 잃었는지 기억조차 나지 않고, 대체 얼마의 시간이 지났는지, 심지어 벽에 박힌 쇠사슬에 사지가 묶여 있다는 것만 빼면 자신들의 상태가 어떤지도 전혀 모르고 있지만, 지금 자신들의 깨운 것이 무엇인지는 익히 잘 알고 있었다.

독주(毒酒)였다.

놈들은 매번 지독한 독주를 혼절한 그들에게 부어서 정신을 차리게 만들곤 했다.

지금도 그랬다.

흑영과 백영은 절로 구토가 올라올 정도로 지독한 냄새를 풍기는 독주를 뒤집어쓰고, 그로 이한 고통으로 인해 정신을 차린 것이었다.

"젠장, 아직도 살아 있네!"

흑영의 침묵 속에 백영이 흘린 투덜거림이었다.

백영의 투덜거림은 살아 있어서 좋다는 것이 아니라 살아 있어서 기분이 나쁘다는 것으로 들렸다.

다만 그런 백영의 투덜거림과 무관하게 백영은 백영 대로, 또한 침묵하고 있는 흑영은 흑영대로 엄청난 고통을 느끼며 의지와 무관한 경련을 일으키면서도 억지로 눈을 떠서 자신들을 깨운 상대를 확인하려 애썼다.

이윽고, 찢어지고 뭉개진 그들의 눈꺼풀이 천천히 열려서 벽에 걸린 등록의 빛을 받아들였고, 울혈(鬱血)이 들어서 온통 붉게 보이는 사물과 함께 오만상을 찡그리고 서 있는 추레한 몰골의 노인 하나와 떨떠름한 표정으로 바라보는 흑의사내 하나를 볼 수 있었다.

그동안 온갖 희한한 고문까지 동원해서 그들을 괴롭히던 늙은이, 자칭 사대독문의 하나였던 만독주가의 유일한 후예라는 천산독마(天山毒魔)와 쾌활림주 암왕 사도진악의 친위대라는 흑사자들의 수장인 흑표였다.

백영이 퉁퉁 부은 채 피거품으로 물들은 입술을 혀로 핥으며 키득거렸다.

"킥킥, 저 병신 또 왔네. 야, 아직도 포기하지 못하고 미련이 남았냐? 너도 참 심히 걱정스럽게 미련하다. 킥킥……!"

"이 새끼가 아직도……!"

천산독마가 발끈하며 한쪽에 있는 화로에 담겨진 인두를 잡아갔다.

흑표가 슬쩍 손을 내밀어서 천산독마의 행동을 말리고 온통

피 떡으로 얼룩져서 정말 살아 있는 사람이 아닌 것처럼 처참한 지경인 흑영과 백영의 모습을 살펴보다가 미간을 찌푸리며 중얼거렸다.

"심하게 했네."

말과 달리 그의 입술은 미소를 그리고 있었다.

그는 다른 누군가의 고통에 안타까워하는 사람이 전혀 아닌 것이다.

그러나 아랫사람의 입장에선 그게 진심이든 가식이든 상관의 반응에 민감할 수밖에 없는 법이다.

"애들이 워낙 독종이라……!"

천산독마는 무안해하면서도 곤혹스러운 표정으로 변명을 더했다.

"그래도 사전에 약을 쓰기도 했고, 매번 독주를 부어서 상처를 소독시켜 주기까지 하고 있어서 죽지는……!"

"주 노인은 말이 너무 많아."

흑표가 말을 끊으며 싸늘한 눈빛으로 천산독마를 쏘아보았다.

반사적으로 입을 닫은 천산독마가 그제야 자신이 하지 말아야 할 말을 하고 있다는 사실을 깨달은 듯 흠칫 놀라며 자라목을 했다.

흑표가 쓰게 입맛을 다시며 천산독마를 외면하고 흑영과 백영에게 시선을 고정했다.

"꼴이 말이 아니군. 그새 많이 즐긴 모습이네?"

흑영은 그저 무심하게 바라볼 뿐, 침묵으로 일관했다.

그게 여태껏 그가 천산독마와 흑표를 대하는 태도였다.

그 어떤 상황 속에서도 입을 열지 않고 완벽하게 무시해 버리는 것이다.

그에 반해 백영은 절대 침묵하지 않았다.

마구 떠들고 비웃으며 시비를 걸거나 막무가내로 대드는 것이 그동안 그가 내내 천산독마와 흑표를 대하는 태도였다.

그 어떤 상황 속에서도 그는 기죽지 않고 있었다.

지금 그랬다.

"덕분에 아주 충분하게 즐겼지. 특히 그 뭐라더라? 발톱 아래로 깊숙이 찌른 대바늘을 불로 달구는 거 있잖아? 그거 정말 대단하더라. 너무 짜릿짜릿해서 미치고 환장했다니까, 글쎄? 킥킥……!"

흑표의 빙그레 웃으며 말했다.

"그런 일 안 당하는 방법을 알고 있잖아? 그게 그리 어려운 일도 아니고? 그냥 설무백이라는 작자가 어떤 인간이고, 어느 정도의 능력을 가졌으며, 그를 따르는 풍잔의 인물이 누구누구인지만 말해 주면 되는 거야. 간단하잖아?"

백영이 고개를 갸웃거렸다.

"그런가?"

"당연하지."

흑표가 반색하며 말을 더했다.

"잘 생각해 봐. 사람이 사람에게 왜 충성을 하냐? 아니면 의리? 의리가 밥 먹여 주냐? 아니, 그 전에 그 설무백이라는 애도 그럴까? 과연 지금 너와 같은 생각일 것 같아? 그놈이 이렇게 감감무소식인 거 보면 모르겠어? 그놈은 너 따위는 안중에도 없는 거야. 죽거나 말거나 말이야!"

백영이 자못 치를 떨었다.

"듣고 보니 정말 그런 것 같군. 그래, 틀림없이 그런 거야. 그러니까 아직까지 감감무소식이겠지. 의리도 없이 치사하게 우릴 버린 거야!"

그는 정말 억울하다는 듯이 치를 떨고는 정말 분노한 눈빛으로 흑표를 쳐다보며 재우쳐 말했다.

"그래, 좋아. 그 작자 설무백에 대해서 아는 대로 다 말해 주지. 이쪽으로 와 봐."

흑표가 반색하며 백영의 곁으로 다가갔다.

백영이 기다렸다는 듯이 그 얼굴에 침을 '퉤!' 하고 뱉었다.

"……!"

흑표가 반사적으로 몸을 틀어서 백영이 뱉은 침을 간발의 차이로 피했다.

백영이 아쉬워했다.

"아깝다! 조금만 더 기다렸다가 뱉었으면 맞출 수 있었는데! 내가 너무 성급했네!"

흑표가 지그시 어금니를 깨물고 웃는 낯으로 백영을 노려보며 불쑥 물었다.

"내가 왜 너를 죽이지 않고 살려 두는지 아냐?"

백영이 비웃었다.

"내가 바보 병신이냐, 그것도 모르게? 우리 주군 때문이잖아? 어떤 대단한 함정을 준비했는지는 모르겠지만, 결국 너는 우리 주군을 놓쳤고, 그래서 나를, 아니, 우리를 살려 두는 거 잖아. 여차하면 인질로 쓸 생각으로."

흑표가 싸늘한 미소를 입가에 그리며 말했다.

"그래, 그거다. 이제 보니 네가 그걸 믿고 이렇게 함부로 까부는 모양인데, 아서라. 그거 너무 믿지 마라. 나는 막돼먹은 놈이라 여차하면 그런 거 저런 거 다 잊고 그냥 죽여 버리는 수가 있으니까."

백영이 킥킥대며 웃었다. 비웃음이었다.

"이거 정말 병신이네. 야, 내가 그래서 그러는 거야. 네 성질이 그따위로 개판인 것 같아서 일부러 도발하는 거라고. 죽고 싶어서. 자살하자니 주군에게 도리가 아닌 것 같아서 네 손을 빌리려고 말이야. 킥킥……!"

흑표의 얼굴에 푸른빛이 감돌았다.

심중의 분노가 용암처럼 비등한 것이다.

그는 참지 못하고 측면의 화로에 담겨 있는 인두 하나를 꺼내들고 백영에게 다가갔다.

백영은 얼굴의 웃음기를 지우지 않고 다가서는 흑표를 주시하고 있었다.

흑표가 시뻘겋게 달구어진 수중의 인두를 들어서 백영의 한쪽 눈가로 들이대며 씹어뱉듯 말했다.

"병신이 되어도 살아만 있으면 인질로서의 가치는 충분하지! 네가 자초한 일이니 날 원망하지 마라!"

백영이 기겁하며 말했다.

"그러지 말지? 난 너 도발한 적 없는데?"

백영이 자신의 항변에 스스로 답했다.

정확히 말하면 백영이 가진 두 개의 자아 중 내내 침묵하던 백가인이 불쑥 나서며 한마디 하자, 백가환이 발끈하며 소리치는 것이었다.

"야, 저 병신이 그걸 아냐? 쟤는 여기 너와 내가 같이 있는 거 절대 몰라. 아니, 안 믿어! 처음에 그렇게 악을 쓰며 말해 주었는데도 안 믿었는데, 이제 와서 그걸 믿을 것 같냐, 저 병신이?"

"이 새끼가 정말……!"

흑표가 분노하며 손을 뻗어서 백영의 목을 움켜잡았다.

지금 그는 백가인과 백가환의 대화를 그저 백영의 놀림으로 보는 것이다.

"젠장……!"

백영이 곧이어 일어날 일에 몸서리를 치며 두 눈을 부릅떴다.

흑표가 그 순간에 수중의 인두를 강하게 움켜잡으며 그의 한쪽 눈에 쑤셔 박았다.

치이익-!

섬뜩한 소음이 울리며 매캐한 연기가 피어올랐다.

백영이 참을 수 없는 고통에 몸부림치며 비명을 내질렀다.

"크아아악……!"

흑표가 그제야 미친 듯이 발광하는 백영의 목을 놓고 물러나서 수중의 인두를 한쪽으로 내팽개치며 돌아서서 천산독마에게 명령했다.

"치료해 줘. 절대 죽지 않게."

"아, 예!"

천산독마가 즉시 대답하며 한쪽 벽에 달라붙은 장의 서랍에서 약제를 챙겼다.

그사이 밖으로 나서는 흑표를 향해서 백영이 길길이 날뛰며 소리쳤다.

"야, 그러지 말고 한쪽 눈도 마저 해 주라! 그래야 내가 이제 쓸모없는 인간이라고 생각하고 마음껏 자결할 수 있잖아! 부탁 좀 하자! 응? 죽은 사람 소원도 들어준다는데, 산 사람 소원을 무시하면 안 되는 거 아니냐?"

흑표가 실로 학을 뗀다는 표정으로 백영을 외면하며 밖으로 나갔다.

약제를 찾아서 백영에게 다가선 천산독마도 정말 넌덜머리가 난다는 표정으로 절레절레 고개를 젓고 있었다.

그러거나 말거나 백영은 치료를 하려는 천산독마의 손길을 사나운 고갯짓으로 뿌리치며 악에 받친 모습으로 소리치고 있었다.

"야! 눈 하나마저 뽑아 주라고! 야, 병신아! 어이, 좀팽이, 내 말 안 들려? 마저 뽑으라니까 이 눈깔 하나!"

쾅—!

요란한 굉음과 함께 거대한 정원석 하나가 박살 나서 흩어졌다.

백영의 신랄한 욕설과 조롱을 들으며 밖으로 나선 흑표가 끝내 참지 못하고 주먹을 내갈긴 결과였다.

"하루살이 같은 놈이 감히……!"

흑표는 감정을 억제하지 못하고 분노에 타올라서 두 눈을 희번덕거리다가 문득 바위를 후려쳤던 손을 바라보며 눈살을 찌푸렸다.

앞서 바위를 부순 그의 손은 평소와 달리 커진 상태였고, 마치 짐승의 그것처럼 검고 굵은 털이 숭숭 자라나 있었다.

그리고 쩌릿한 고통이 느껴졌다.

바위를 부수며 다친 것이 아니었다.

그가 사부인 사도진악에게 전수받은 절대마공인 지옥수라마수공(地獄修羅魔獸功)의 부작용이었다.

인간의 몸으로 마왕의 힘을 얻는 절대마공인 지옥수라마수공은 일시적으로 인간의 육체를 탈피하고 새로운 육체를 얻는 과정에서 극한의 고통을 대가로 치르는데, 경지를 이루기 전까지는 이렇듯 격분한 감정으로도 자연히 격발되어서 고통을 주기도 하는 것이다.

"젠장……!"

흑표는 새삼 투덜거리면서도 애써 분노를 가라앉히려고 애썼다.

지금 그가 겪고 있는 부작용은 지옥수라마수공이 인간이 가진 저력을 일시지간에 전부 다 격발시키는 절대마공이기 때문에 완전한 경지에 이르기 전까지는 어쩔 수 없이 필연적으로 따르는 것이긴 했지만, 지속적으로 격발되면 좋을 것이 없었다.

지옥수라마수공이 기본적으로 새로운 힘을 받아들이는 절대마공이기 때문에 여차하면 본연의 자아마저 잃고 새로운 자아가 형성되는 지경까지 갈 수도 있기 때문이었다.

즉, 그가 아닌 새로운 자아가 그의 육체를 통제할 수도 있는 것이다.

그럴 수는 없었다.

흑표는 자신이 원하는 세상에서 살고 싶은 것인지, 자신이 아닌 다른 무언가가 원하는 세상에서 살고 싶지는 않았다.

그런 생각으로 애써 격분한 감정을 누른 흑표는 알게 모르게 자신의 손등을 가리며 냉정하게 마음을 다잡았다.

이내 그의 손에서 일어난 변화가 스르르 수그러들었다.

말끔해진 손을 자신의 손을 확인한 그는 그제야 밖에서 대기하고 있다가 갑작스러운 그의 분노에 어쩔 줄 모르고 눈치를 보던 의형제의 막내 흑웅(黑鷹)을 향해 물었다.

"설 가에 대한 소식은 아직 없어?"

흑웅이 식은땀을 삐질삐질 흘리며 말을 더듬었다.

상황이 상황인데다가, 아무리 사부가 정해 준 의형제라도 그는 막내 다음인 열 번째이고, 흑표는 둘째인지라 쾌활림에서의 지위가 가히 하늘과도 같아서 함부로 말할 수가 없는 것이다.

"그, 그게 백방으로 수소문하고 있긴 합니다만, 아직 아무런 소득이⋯⋯!"

"생사집혼 그 자식은?"

"그쪽도 아직은⋯⋯."

흑웅이 연신 이마의 식은땀을 닦으며 힘겹게 대답하다가 와락 일그러지는 흑표의 얼굴을 보고는 재빨리 말을 덧붙였다.

"하지만 생사집혼은 죽었을 가능성이 더 높습니다, 형님. 사군과 야효에게 내장까지 들어내 보이는 상처를 입고 겨우 도망친 놈이 아직까지 살아 있다고 보기에는⋯⋯!"

흑표가 사납게 질타했다.

"바보냐, 너?"

"예?"

"너는 곧 죽을 놈이 그렇게나 철저하게 자신의 흔적을 지우며 도주할 수 있다고 생각해? 너는 그럴 수 있어?"

"죄, 죄송합니다, 형님!"

흑웅은 재빨리 머리를 조아렸다.

자신의 생각이 틀렸다는 것도 깨달았지만, 그에 앞서 흑표의 분노 앞에서는 무조건 굴복하고 엎드려야 한다는 것을 그는 그간의 경험을 통해 온몸으로 충분히 인지하고 있었다.

"제 생각이 짧았습니다, 형님! 보다 더 애들을 다그쳐서 수색에 나서도록 하겠습니다, 형님!"

다행히 흑표가 이번에는 그냥 넘어갈 모양이었다.

흑웅을 바라보며 끌끌 혀를 찬 그가 더는 그에 대해서 말하지 않고 다른 걸 물었다.

"다른 일은 다 했고?"

흑웅이 이번에는 실로 자신만만하게 대답했다.

"여부가 있겠습니까! 형님이 시킨 대로 백목(白目)과 청두(靑頭)까지 동원해서 한 점의 실수도 없도록 만전을 기해서 조치했습니다!"

흑표는 조금 누그러진 기색으로 고개를 끄덕였다.

기설 전날 공야무륵 등은 사군과 야효를 천강시로 보았지만, 사실은 그렇지가 않았다.

사군과 야효는 천강시보다 진일보한 역천강시였고, 지금 흑응이 언급한 백목과 청두도 그와 마찬가지로 쾌활림이 보유하고 있는 열여덟 구의 역천강시 중 둘이었다.

'역천강시 둘과 사십여 명의 흑사자들이라면……'

충분히 믿을 만했다.

흑표는 내심 마음을 놓으며 말문을 돌렸다.

"사부님은?"

"조금 전 대형과 함께 흑도천상회의 총단으로 가셨습니다."

"대형과 함께?"

"예, 뭔가 확인할 것이 있다고 하셨는데, 그게 뭔지는 모르겠습니다. 비접 부약운을 데리고 가셨으니, 흑선궁의 문제가 아닐까요?"

흑호는 대답 대신 그저 골똘히 생각에 빠져 있다가 급히 돌아섰다. 그게 무슨 일이든지 간에 사부가 대형인 흑호(黑虎)와 함께 일을 한다는 것이 그는 싫었다.

사부가 하는 모든 일은 그와 함께 그의 손에서 이루어져야 했다.

"총단에 다녀오마!"

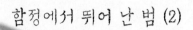

함정에서 뛰어 난 범 (2)

'저 새끼!'

흑표와 흑응이 대화를 나누는 장원의 후원이 한눈에 들어오는 산비탈의 아름드리나무 위였다.

후원에 자리한 별채에서 나온 흑표가 밖에서 대기하고 있던 흑응과 잠시 대화를 나누고는 서둘러 떠나는 것을 지켜보던 공야무륵은 분노에 찬 눈빛으로 빠드득 이를 갈았다.

흑응은 누군지 몰라도 흑표는 첫눈에 알아볼 수 있었다.

지금은 밤이고, 공야무륵이 올라선 아름드리나무와 흑표 등이 자리한 이름 모를 장원의 후원은 거의 오십여 장이나 떨어져 있으나, 그는 그 정도의 제약은 어렵지 않게 무시할 수 있을 정도의 시야를 가진 고수인 것이다.

그러나 공야무륵은 평소와 달리 어금니를 악물며 참고 또 참 았다.

어쩔 수 없었다.

생각 같아서는 당장에 뛰쳐나가서 놈의 목을 따고 싶지만, 지금의 그는 그럴 수 있는 상황이 아니었다.

평소의 내공을 절반도 사용할 수 없을 정도로 심대한 내상은 차차하고, 불과 사흘 전에 밖으로 흘러나오려는 내장을 억지로 밀어 넣어서 갈라진 배를 꿰매 놓고 혼절했다가 이틀이 지나서 야 겨우 깨어난 것이 지금의 그였다.

지금의 상태로 흑표를 상대한다는 것은 자살행위와 다름없 는 것이다.

하물며 지금은 그게 아니더라도 참아야 할 시점이었다.

천우신조(天佑神助)로 혼절에서 깨어난 지 하루 만에 놈들의 비밀 지부를 찾아내는 데 성공했고, 살펴보니 놈들은 내부에 누군가를 잡아 두고 있었다.

그게 누군지는 모르겠지만, 어쩌면 그와 전혀 상관없는 타 인일 수도 있지만, 필히 확인해 봐야 했다.

만에 하나라도 설무백을 데려간 요미가 도주에 실패했을 수도 있고, 그게 아니더라도 당시 행방불명된 흑영이나 백영 이 잡혀 있는 것일 수도 있기 때문이다.

가능성의 문제이긴 하나, 복수심에 눈이 멀어서 섣부르게 행 동하다가는 자칫 천추의 한을 남길 수도 있는 것이다.

그래서였다.

지금 공야무륵이 걱정하는 진짜 문제는 따로 있었다.

과연 철통같은 경계로 둘러싸인 저 이름 모를 장원을 상처로 인해 평소의 절반도 못되는 전력인 지금의 그가 뚫고 들어갈 수 있을까?

장담할 수 없었다.

지금의 그로서는 매우 어려운 일이었다.

게다가 지금 그는 저 이름 모를 장원의 주변에서 절로 촉각을 곤두서게 만드는 누군가의 존재감을 느낄 수 있었다.

바로 맨손으로 그의 배를 갈랐던 강시들, 사군과 야효의 존재감이었다.

아니, 어쩌면 사군과 야효가 아닐지도 몰랐다.

당시 그는 필생의 절기를 발휘해서 사군과 야효의 팔을 하나씩 잘라 버렸기 때문이다.

하지만 지금 그가 느끼는 존재감은 분명 그들과 같은 것이기에 그놈들이 아니라면 최소한 그놈들과 같은 괴물이 있다는 뜻이었다.

어딘지는 모르겠으나, 틀림없었다.

지금 이 순간 그는 싸늘하게 얼어붙은 날카로운 성에 조각들이 살갗을 파고드는 듯 따갑고 서늘한 느낌을 주는 놈들의 존재감을 절실하게 체감하고 있었다.

이건 틀림없이 그들, 사군과 야효가 아니라면 그에 준하는 괴물들이었고, 실로 사정이 그렇다면 지금 그가 나서는 것은 살아남을 가능성보다 죽을 가능성이 더 높다는 결론이었다.

그러나 공야무륵은 본능이 알려 주는 그와 같은 경고와 위기감을 대수롭지 않게 외면했다.

진득하게 이름 모를 장원의 후원을 주시하던 그는 흑표가 사라지고 나서 잠시 머물러 있던 흑의사내들마저 자리를 뜨자 곧바로 아름드리나무를 내려와서 후원을 향해 접근해 갔다.

모름지기 사람들 중에는 자신의 목숨보다 중요하게 여기는 신념을 가진 사람이 있고, 공야무륵도 그 중의 하나였다.

공야무륵은 자신이 죽으면 죽었지 절대 동료들의 목숨을 저버릴 수 없는 사람이었다.

'지붕에 둘! 좌측 담장에 둘, 우측 담장에 둘!'

후원에 자리한 별채로 잠입하기 위해서 먼저 처리해야 할 경계들이었다.

평소의 그였다면 대수롭지 않게 그들의 이목을 피해서 별채의 내부로 잠입할 수 있었을 테지만, 적어도 지금의 그는 그럴 수가 없는 몸이었다.

담을 넘어서 후원으로 들어선 공야무륵은 기민하고 신속하게 나무와 벽 등 주변의 사물이 만든 그늘로만 이동해서 좌측의 담장으로 접근했고, 한순간 그늘을 벗어나며 튀어나가서 거시 담장 가의 방풍목 아래서 경계를 서고 있던 두 사내 중 하나의 목을 비틀었다.

으득—!

최대한 소리를 죽이려고 온몸으로 사내의 목을 감싸 안았음에도 소음이 났다.

다행히 미약한 소음이었고, 그에 앞서 공야무륵이 내공으로 주변을 차단한 다음의 일이었다.

다만 이인일조인 듯 같이 있다가 자신을 보고 있던 동료의 얼굴이 갑자기 나타난 누군가의 손에 의해 뒤로 돌아가는 광경을 목격한 사내가 반사적으로 칼을 뽑으며 입을 벌렸다.

하지만 작심하고 나선 공야무륵의 행동은 무섭도록 빨랐다.

그는 사내가 뽑아 든 칼을 미처 뻗어 내기도 전에 먼저 다가갔고, 그에 앞서 뻗어진 왼손으로 칼자루를 잡은 사내의 손목을 잡고 당김과 동시에 다른 손을 길게 내밀어서 경계를 발하기 위한 듯 크게 벌어진 사내의 입을 틀어막았다.

"읍!"

사내가 빠져나가려고 바둥거렸다.

그 순간, 칼자루를 잡고 있는 그의 손목을 잡아챈 공야무륵의 손이 엄청난 완력으로 칼을 역으로 휘둘러서 사내의 목을 베어 버렸다.

툭—!

사내의 머리가 속절없이 바닥으로 떨어졌다.

뒤늦게 뿜어진 핏물이 주변은 물론 사내의 목을 잡고 있는 공야무륵의 얼굴을 붉게 적셨다.

공야무륵은 그게 아랑곳하지 않고 그저 소매로 쓱 얼굴을 닦으며 다시금 기민하면서도 은밀하게 담장의 그늘을 타고 우측의 이동했다.

그리고 이번에는 둘을 일격에 해치워 버렸다.

우측의 담장 가에서 경계를 서던 그들은 우연찮게도 나란히 서서 반대편을 주시한 채로 담소를 나누는 중이었고, 공야무륵은 앞서 두 명의 경계를 해치우면서 그들의 무력이 예상보다 낮다는 것을 간파하고 가차 없이 도끼를 뽑아 든 결과였다.

일격에 흡사 참외 꼭지처럼 톡톡 머리가 떨어져 나간 그들의 주검이 바닥으로 쓰러지기도 전에 공야무륵의 신형은 이미 별채의 지붕으로 올라서고 있었다.

"헉!"

별채의 지붕에 있던 사내는 경계를 서고 있지 않았다.

그는 다리를 꼬고 누워서 한가하게 밤하늘을 바라보고 있다가 느닷없이 피 칠갑을 하고 나타난 공야무륵을 보고는 기겁하며 상체를 일으켰는데, 그것은 공야무륵의 수고를 덜어 주는 행동이었다.

공야무륵은 수중의 도끼를 수평으로 휘두르는 간단한 동작만으로 사내의 머리를 베어 낼 수 있었다.

그렇듯 별채로 잠입하는 데 문제가 되는 주변의 걸림돌을 다 제거한 공야무륵은 잠시 그 자리에 웅크리고 앉아서 주변을 동향을 최대한 면밀하게 살폈다.

다행히 별채와 떨어진 경계들이 별다른 반응을 보이지 않았다.

사전에 그처럼 그의 신경을 곤두서게 만들었던 사군과 야효의 존재감도 처음의 느낌 그대였다.

공야무륵은 그제야 지붕에서 내려왔다.

그리고 남몰래 도둑질을 하려는 것이 아니라면 적이 있는 협소한 공간으로 잠입할 때는 가급적 대범한 것이 좋다는 그 자신의 관념에 따라 당당하게 정문을 열고 별채의 내부로 들어갔다.

아담한 전각인 별채의 내부는 통으로 하나인 공간이었다. 그리고 그 안에는 세 사람이 있었다.

문가의 탁자에서 차를 마시고 있던 추레한 몰골의 노인, 천산독마와 저만치 떨어진 벽에 사지가 쇠사슬로 묶인 처절한 몰골의 두 사람, 흑영과 백영이 바로 그들이었다.

공야무륵은 별채의 내부로 들어서서 천산독마와 더불어 혹시나 하고 우려한 대로 흑영과 백영을 발견해서 반색할 때였다.

"어……?"

문가의 탁자에 앉아서 차를 마시던 천산독마가 어리둥절한 눈빛으로 공야무륵을 바라보았다.

워낙 졸지에 벌어진 일이라 얼떨떨한 상태로 일어나지도 않고, 그 어떤 행동도 취하지 않은 채로 그저 눈을 멀뚱거리며 바라보는 것이다.

일시지간 침묵과 정적이 흘렸다.

공야무륵도 그 순간에는 흑영과 백영을 보고 기뻐하느라 잠시 천산독마와 마찬가지로 잠시 멍했진 상태였기 때문인데, 다행히 먼저 정신을 차린 것은 그였다.

쐐액—!

공야무륵은 재빨리 수중의 도끼를 휘둘러서 천산독마의 목을 쳤다.

천산독마가 앉아 있는 다탁이 문가라서 쉽게 손이 닿았다.

하지만 천산독마는 그리 호락호락한 인물이 아니었다.

기본적으로 독공이 장기이긴 하나, 여타 무공의 경지도 강호일류를 넘어선 지 오래인 사람이었다.

그는 반사적으로 상체를 틀어서 공야무륵의 도끼를 피하며 곧바로 반격했다.

간발의 차이로 코끝을 스치고 지나가는 공야무륵의 도끼를 눈으로 쫓으며 손을 내밀어서 손목을 잡아채려는 역공이었다.

빨랐다.

흑영과 백영이 다급하게 소리쳤다.

"피해!"

"부딪치면 안 돼요!"

천산독마의 손을 두고 하는 경고였다.

천산독마는 독인까지는 아니지만, 실로 무시할 수 없는 독공의 고수이며, 지금 그 능력을 발휘하고 있었다.

암록색으로 변한 그의 눈빛과 녹광으로 휩싸인 그의 긴 손톱이 그 방증이었다.

그가 가진 비장의 독공인 부시독조(腐屍毒爪)였다.

그러나 공야무륵은 대수롭지 않게 천산독마의 역공인 부시독조를 무시했다.

천산독마가 노리는 손을, 즉 도끼를 잡은 오른손을 그냥 내주고 왼손으로 허리에 차고 있던 또 하나의 도끼, 낭아부를 잡아갔다.

"무지한 놈!"

천산독마가 그사이 공야무륵의 손목을 움켜잡으며 코웃음을 쳤다. 그의 입장에선 당연한 비웃음이었다.

이미 보기 거북할 정도로 짙은 녹광에 휩싸인 그의 손톱이, 바로 부시독조가 여지없이 공야무륵의 손목을 파고들어간 상태였다.

부시독조에 당한 이상, 설령 대라신선이 와도 공야무륵은 살 수 없었다.

이제 공야무륵에게 남은 길은 죽음뿐이었다.

공야무륵이 그 순간에 뽑아 든 낭아부를 높이 쳐들며 천산독마를 향해 히죽 웃었다.

천산독마는 경악해서 두 눈을 크게 부릅떴다.

당장에 시커멓게 독기가 오른 얼굴로 피를 토해도 모자랄 공야무륵이 어떻게 태연히 웃고 있을 수 있단 말인가.

이건 정말로 말이 안 되는 일이었다.

"마, 만독불침이라고?"

공야무륵이 웃는 낯으로 대답했다.

"잘 몰라도 그와 비슷한 정도는 될 거다. 내가 이래 봬도 만독불해의 영능을 보유한 만독불침지체의 피를 마신 몸이거든."

설무백을 두고 하는 말이었다.

과거 그는 설무백이 술에 섞어 준 피를 마신 적이 있는 것이다.

"익!"

천산독마는 경악과 불신에 차서 몸을 떨었다.

그 바람에 그는 반응이 늦었다.

뒤늦게 공야무륵의 손목을 놓고 물러났던 것이다.

공야무륵이 높이 쳐든 또 하나의 도끼, 낭아부가 그 순간에 거세가 휘둘러졌다.

"킥!"

낭아부가 천산독마의 가슴을 찍었다.

목을 노린 것인데 천산독마의 움직임이 공야무륵의 생각보다 빨라서 벌어진 일이었다.

하지만 그로 인해 변하는 것은 없었다.

천산독마는 낭아부에 가슴을 찍히는 바람에 더는 물러설 수 없었고, 그사이 휘둘러진 또 하나의 도끼 양인부가 그의 목을 쳤던 것이다.

칵―!

비명 대신 뼈가 잘리는 섬뜩한 소음이 울렸다.

천산독마의 머리가 저만치 날아가서 바닥을 구르고, 머리를 잃은 몸이 허망한 손짓을 하며 피를 뿌리다가 쓰러졌다.

공야무륵은 아무렇지도 않게 그런 천산독마의 주검을 밟고 넘어서 벽에 박힌 쇠사슬에 묶인 흑영과 백영의 곁으로 달려갔다.

그리고 그제야 백영의 눈 하나가 시커멓게 피딱지로 굳어진 것을 발견하며 이를 갈았다.

"저 새끼 짓이냐?"

백영이 아무렇지도 않게 히죽 웃으며 대답했다.

"아니요. 다른 놈이에요. 흑표라는…… 뭐, 걱정하지 마세요. 눈은 하나로도 충분히 볼 수 있으니, 언제고 그놈을 찾아내는 데 아무런 문제가 없으니까요."

언제고 기필코 자기 손으로 복수하고 말겠다는 말이었다.

공야무륵은 더 묻지 않고 지그시 어금니를 악무는 것으로 화를 달랬다.

일단은 이 자리를 벗어나는 것이 급선무였다.

그는 서둘러 도끼를 휘둘러서 흑영과 백영을 구속하고 있던 쇠사슬을 잘라 내고는 워낙 만신창이가 된 몸이라 홀로 서지 못하고 휘청거리는 그들을 부축했다.

그리고 자신의 손가락을 깨물어서 피를 내고는 그들의 입에 몇 방울씩 떨어뜨려 주었다.

흑영과 백영의 얼굴과 눈빛에 중독 증세가 보였기 때문이다.

"도움이 될 수 있을지 없을지는 모르지만, 일단 먹어 봐. 도움이 되면 좋고 아니면 마는 거지 뭐."

그때였다.

"이런 젠장! 잉어를 바랐더니만 고작 송사리네!"

문이 벌컥 열리며 모습을 드러낸 사내 하나가 정말 기분 나쁘다는 투로 바닥에 침을 뱉으며 투덜거리고 있었다.

공야무륵은 아직 모르지만, 그는 바로 흑응이었다.

공야무륵은 바짝 긴장했다.

누군지도 모르는 흑응 때문에 드러낸 반응이 아니었다.

흑응의 뒤에 시립한 일단의 무리에 섞여 있는 두 사내에게서 전날 사군과 야효의 기세를 느낄 수 있었기 때문이다.

흑응이 그사이 문가에 쓰러져 있는 머리가 잘려진 천산독마의 주검을 발로 걷어차서 벽으로 날려 버리며 거듭 투덜거렸다.

"사람 미안하게 병신같이 그새를 못 버티고 죽나 그래?"

공야무륵은 쓰게 입맛을 다셨다.

"어째 쉽더라."

그는 한숨을 내쉬는 것으로 실망감을 드러내고는 부축하고 있던 흑영과 백영을 놓고 앞으로 나서며 태세를 갖추었다.

"그러니까 이게 함정이었다 이거지?"

흑응이 신경질적으로 쏘아붙였다.

"너 따위 송사리를 잡으려는 게 아니었어!"

공야무륵은 예리하게 흑응의 말을 이해하고는 슬쩍 흑영과 백영을 돌아보며 어깨를 으쓱했다.

"그렇다네?"

백영이 힘겹게 웃었다.

"난 여한 없어요. 공야 형님이 온 걸 보니, 주군께선 형님조차 종적을 찾을 수 없을 정도로 안전하게 피신해 있다는 소리잖아요. 그걸로 됐어요. 우리가 잘못되면 언제고 주군이 알아서 복수해 주시겠죠, 뭐. 흐흐……!"

공야무륵이 피식 따라 웃으며 물었다.

"가환이 네 생각은 그렇고, 가인이 생각은?"

백영이 고개를 저었다.

"가인이는 자요. 잡힐 때 입은 상처로 인해 양의심공이 깨졌는데, 가인이가 잠들고 제가 깨어났죠. 다행이지 뭐예요. 그 자식은 피 보는 거 싫어하는 샌님이잖아요. 흐흐……!"

공야무륵이 어련하겠냐는 듯 따라 웃고는 흑영을 바라보았다.

흑영이 그의 시선에 반응해서 늘 그렇듯 무뚝뚝하게 말했다.

"나 역시 주군을 믿소. 가능하면 살아서 내 손으로 복수하고 싶지만, 죽어도 여한은 없소."

공야무륵은 입가의 미소를 한결 더 짙게 드리우며 흑영과 백영을 번갈아 보았다.

"사실 나도 그래. 내가 여기 온 건 혹시나 주군께서 잡히신 건가해서였거든. 근데, 아닌 걸 알았으니, 나도 여한이 없어. 나도 주군을 믿으니까."

"하하하……!"

흑응이 불쑥 과장되게 배를 움켜잡고 웃으며 끼어들었다.

"정말이지 구구절절 눈물의 곡절이네. 하하하……!"

그는 이내 거짓말처럼 웃음을 그치고 싸늘해진 기색으로 말을 더했다.

"그런데 애들아, 그런 걱정은 하지 마라. 너희들 안 죽어. 내가 안 죽일 거야. 아직 못 잡은 물고기가 있는데 먼저 미끼를 없애 버리면 안 되지."

공야무륵이 비릿하게 웃는 얼굴로 수중의 쌍도끼, 양인부와 낭아부를 치켜들며 말했다.

"내가 장담하는데, 내가 너희들을 다 죽일 수 없을지는 몰라도, 너희들이 나를 생포하는 일은 없을 거다! 아니다 싶으면 알아서 먼저 죽을 거니까."

흑영과 백영이 앞서 사지를 구속하고 있다가 잘려 나간 쇠사슬을 무기 대신 들고 공야무륵의 좌우로 나서며 맞장구를 쳤다.

"나도!"

"나 역시!"

흑영이 짐짓 눈살을 찌푸렸다.

"따라하지 말지?"

백영이 말했다.

"길게 말하려니 몸이 쑤셔서 그런 거니까, 대충 넘어가죠?"

흑영이 짧게 동조했다.

"나도."

"흥!"

흑웅이 코웃음을 쳤다.

"놀고들 자빠졌네! 과연 뜻대로 되는지 어디 한번 두고 보자!"

그가 보란 듯이 뒤로 물러났다.

동시에 그의 뒤에 시립해 있던 사내들 중 둘이 기다렸다는 듯 성큼성큼 앞으로 나섰다.

공야무륵이 전날 격돌한 사군과 야효와 외관만 달랐지 체구와 기세는 영락없이 같았다.

그들이 바로 조금 전 흑웅과 흑표의 대화에서 언급되었던 역천강시 백목과 청두인 것이다.

공야무륵은 나직한 목소리로 흑영과 백영에게 말했다.

"주군께 해가 될 수도 있는 놈들이다! 죽을 때 죽더라도 놈들을 잡고 죽어야 한다!"

그때, 백목과 청두가 마치 공야무륵의 말을 알아듣기라도 한 듯 누런 이를 드러내고 웃으며 앞으로 나서는 순간이었다.

어디선가 들려온 매서운 반문이 장내를 가로질렀다.

"누가 그러래?"

흡사 거대한 동굴에서 울리는 메아리처럼 사방에서 들려오는 목소리였다.

역천강시들인 백목과 청두는 말할 것도 없고, 뒤로 물러나 있던 흑웅도 반사적으로 안색이 변해서 사방을 두리번거렸다.

때를 같이해서 섬뜩한 소음이 터졌다.

우득ㅡ!

흑웅의 뒤에 시립한 사십여 명의 흑사자들의 후미였다.

흑사자 하나의 얼굴이 갑자기 획 뒤로 돌아가며 목이 부러진 것이었다.

그리고 그게 시작이었다.

으득! 으드득ㅡ!

그 옆에 있던 사내도, 그리고 또 그 옆에 있던 사내도 차례대로 얼굴이 갑자기 뒤로 돌아가며 목이 부러지며 벼락 맞은 고목처럼 쓰러져 나갔다.

"헉!"

동료들의 얼굴이 갑작스럽게 본래 향했던 방향과 정반대로 돌아가서 죽어 버리는 광경을 목격한 흑사자들이 짧은 비명과 함께 저마다 반사적으로 병기를 뽑아 들었다.

그러나 졸지에 얼굴이 뒤로 돌아가며 목이 부러지는 죽음의 향연은 멈추지 않았다.

"으......!"

"누구냐? 어떤 놈이냐? 당장에 모습을 드러내라!"

겁에 질린 흑사자들이 저마다 거리를 벌리며 떨어지는 가운데, 흑웅이 격분해서 악에 받친 목소리로 고래고래 소리를 질렀다.

반면에 공야무륵과 흑영, 백영은 환희에 찬 미소를 떠올리고 있었다.

그들은 앞서 장내를 가로지른 목소리가 설무백의 것이며, 지금 흑사자들을 휩쓸고 있는 죽음의 향연이 바로 요미의 손속임을 대번에 알 수 있었기 때문이다.

아나나 다를까, 한줄기 바람이 불어오며 귀신처럼 홀연한 모습으로 면전에 나타난 설무백이 공야무륵과 흑영, 백영을 꾸짖었다.

"누가 내 허락 없이 멋대로 죽으래? 너희들 다 내 명령 없이는 죽고 싶어도 죽지 못하는 거 몰라? 죽고 싶냐?"

"여, 역시 무사하셨군요, 주군!"

공야무륵이 얼마나 감격에 겨운지 평소의 그답지 않게 말을 더듬었고, 평소 좀처럼 자신의 감정을 드러내지 않는 흑영도 눈시울을 붉히며 공수했다.

"주군을 뵙습니다."

내내 당차게 버티던 백영은 북받친 감정에 자신도 모르게 왈칵 쏟아진 눈물을 소매로 닦고 있었다.

"우씨……!"

그 순간에도 흑사자들의 속절없는 죽음은 계속되고 있었다.

실로 가공한 사천미령제신술의 신위였다.

사흘 전 그녀가 사군과 야효에게 속절없이 당했던 것은 그녀가 약했기 때문이 아니었다.

그저 난생처럼 위기의 상황에서 마주친 사군과 야효의 강함에 당황하고, 자신보다 더 귀하게 여기는 설무백의 안위를 생각하느라 몸이 굳어 버린 결과일 뿐이었다.

하물며 지금 그녀는 그날의 일로 보다 더 성장했고, 또한 곁에는 멀쩡한 설무백이 존재했다.

지금의 그녀가 펼치는 사천미령제신술의 경지는 실로 한 단계 도약해서 대성을 눈앞에 둔 위력을 발휘하고 있었다.

그 때문이었다.

어리둥절하던 백목과 청두가 뒤늦게 나섰으나, 그들이 할 수 있는 것은 아무것도 없었다.

그들이 아무리 강력한 존재라도 보이지 않고 드러나지 않는 적을 상대로 싸울 수는 없는 것이다.

"익!"

설무백이 장내에 나타나는 순간 본능처럼 반색하던 흑응의 얼굴이 그로 인해 곧바로 볼썽사납게 일그러졌다.

흑사자들은 손쓸 틈도 없이 계속해서 속절없이 죽어 가는데, 믿고 의지하던 백목과 청두는 바보멍청이처럼 마냥 어쩔 줄 모르고 이리저리 헤매고만 있었다.

그리고 그사이 온전하게 서 있는 흑사자들의 숫자는 절반 이하로 줄어들어 버렸다.

실로 강철보다 더 단단한 몸을 가졌으나, 어린애보다 더 머리가 아둔한 역천강시의 맹점이 드러나는 순간이었다.

흑응은 그로인해 그 자신 역시 돌발적으로 마주친 사태에 백목이나 청두와 마찬가지로 한동안 어쩔 줄 모르고 멍하니 서 있었다는 사실조차 인지하지 못한 채 뒤늦게 발작하듯 소리치며 설무백을 가리켰다.

"백목! 청두! 저놈이다! 저놈을 잡아라!"

자발적으로 결정을 내리고 움직이는 것은 많이 허술해도 명령을 받은 것에 대해서는 더없이 철저한 역천강시들, 백목과 청두가 즉시 설무백을 향해 움직였다.

설무백은 그걸 보고 씩 웃고는 마치 건달처럼 고개를 좌우로 흔들어서 뼈가 어긋나는 으득 소리를 내며 마주했다.

"그러니까 이놈들이 혈마비도 안 먹히는 강시란 말이지?"

공야무륵이 말했다.

"주군의 칼은 통할 겁니다. 격이 다르니까요."

"아니."

설무백은 의미심장한 미소를 지으며 고개를 저었다.

"그렇게 피하면 척 할배가 섭섭할 거야."

백목과 청두가 그사이 다가와서 주먹을 휘두르고 있었다.

시커먼 연기처럼 피어나는 마기가 그들의 전신을 감싸는 가운데, 백목의 주먹은 얼굴을 노리고, 청두의 주막은 가슴을 노리는 궤적이었다.

쐐애액-!

둔탁하게 공간이 갈라지는 파공음이 일어났다.

느리게 보이지만 결코 느린 속도가 아닌데다가 엄청난 힘이 느껴지는 파공음이었다.

설무백은 냉소를 날렸다.

"파리가 앉겠다."

실로 설무백의 눈에는 그처럼 느리게 보였다.

그래서 그는 달리 특별한 움직임 없이 상체를 살짝 비트는 것으로 백목과 청두의 주먹을 피하며 주먹으로 반격해서 그들의 턱과 복부를 차례대로 가격했다.

거무튀튀한 빛깔로 반들거리는 주먹이었다.

아니, 주먹만이 아니라 이미 그의 전신이 다 그렇듯 거무튀튀한 빛깔로 반들거리고 있었다.

금강불괴와 같은 구철마공의 극단인 철마지체, 이른 바 철마신의 경지였다.

설무백은 지금 어째 공야무륵의 말과 달리 천강시로 보이지 않는 백목과 청두의 단단함을 시험하려고 하고 있었다.

쾅—!

묵직한 타격음이 터졌다.

백목의 턱이 돌아가고, 청두가 기우뚱하며 뒤로 한 걸음 물러났다. 그게 다였다.

백목과 청두는 아무런 타격도 받지 않은 것처럼 다시 주먹을 휘두르며 달려들고 있었다.

설무백은 마주 주먹을 뻗었다.

백목의 주먹이 설무백의 머리 위를 스쳐 지나가고, 청두의 주먹이 설무백의 옆구리를 스쳐 지나갔다.

설무백이 순간적으로 상체를 비틀며 자세를 낮춘 결과였다.

그 상태로, 그들의 사각으로 다가선 설무백의 주먹이 그들의 턱을 연속해서 강타했다.

쾅—!

간발의 차이로 인해 둘이지만 하나처럼 들리는 예의 묵직한 타격음과 함께 백목과 청두의 고개가 좌우로 돌아갔다.

이번에는 앞서보다 강한 타격을 먹었는지 상체까지 같이 돌아가며 중심을 잃을 정도로 크게 휘청거리는 그들이었다.

설무백은 그 틈을 놓치지 않고 쇄도해서 왼손으로 백목의 목을 잡고 오른손을 크게 휘둘러서 관자놀이를 후려갈겼다.

쾅—!

오른쪽 관자놀이가 움푹 파인 백목의 고개가 좌측 어깨에 닿을 정도로 기울어졌다.

보통의 경우라면 제아무리 고수라도 죽었거나, 적어도 혼절해 버렸을 텐데, 그는 그러지 않았다.

오히려 그 와중에 두 손을 내밀어서 설무백의 목을 움켜잡고 있었다.

설무백은 그게 아랑곳하지 않고 뒤쪽으로 손을 뻗었다.

한순간 그 손에서 백광이 번쩍였다.

퍽-!

묵직한 타격음이 터지며 설무백의 뒤를 노리고 달려들던 청두가 주룩 뒤로 밀려 나갔다.

설무백은 한 번 더 손을 뻗어 냈다.

그의 손에서 앞서보다 더 강렬한 백광이 번쩍였다.

꽝-!

폭음이 터졌다.

저만치 밀려 나갔던 청두의 가슴에 작렬한 폭음이었다.

간신히 중심을 잡으려던 청두가 재차 주르륵 물러나다가 중심을 잃고 쓰러져서 바닥을 굴러갔다.

설무백은 그제야 자세를 바로하며 완력을 써서 자신의 목을 부여잡고 조르는 백목의 두 손을 떼어 냈다.

놀랍게도 강시인 백목이 당황한 기색을 드러냈다.

그는 보통의 강시와 달리 일말의 감정을 드러낼 수 있었던 것인데, 그럴 만도 했다.

설무백은 그가 전력을 다해서 목을 조르고 있음에도 눈 하나 깜짝하지 않고 그 자세 그대로 아무렇지도 않게 장력을 써서 청두를 날려 버렸고, 이내 집채만 한 바위도 으스러트리는 그의 완력이 담긴 두 손을 가볍게 뜯어낸 것이다.

그러나 정작 설무백은 그런 백목의 감정에 전혀 무관심했다.

강시가 감정을 드러낸다는 것이 신기한 일이긴 하지만, 그에게 별다른 감흥을 주지 못했다. 그는 백목이 강시이기 이전에 적이라고 인식했기 때문이다.

그래서 설무백은 묵묵히 자신이 하고자 했던 공격을 마저 이어 나갔다.

목에서 뜯어 낸 백목의 팔 하나를 두 손으로 부여잡고 당기는 것이 바로 그것이었다.

으드득-!

백목의 팔 하나가 어깨에서 떨어져 나왔다.

강철보다 더 단단한 역천강시의 팔을 순수한 공력의 힘으로 뜯어낸 것이다.

무식한 육박전으로 보이지만 사실은 고도(高度)의 공력으로 펼친 무지막지한 완력의 결과인 그 모습을 지켜보던 장내의 모두가 하나같이 불신과 경악의 눈빛으로 입을 딱 벌렸다.

모두가 다 역천강시인 백목보다 설무백을 더 괴물처럼 쳐다보고 있었다.

역천강시 백목은 처음엔 팔이 떨어져 나가고 암청색의 핏물을 흘리는 자신의 몸을 보고는 얼떨떨한 기색이었으나, 이내 찢어지는 비명을 내질렀다.

"우아아아악……!"

고통을 느낄 리 없는 강시인 백목의 비명은 그래서 더욱 처절하게 들렸다.

고통이 아니라 분노에 차서 외치는 괴성인 것 같기도 했다.

이내 두 눈을 희번덕거리며 달려드는 백목의 모습은 그 어느 쪽으로 봐도 무방할 정도로 살기등등했다.

설무백은 눈을 빛냈다.

백목이 팔이 뽑혀져 나간 것에 대한 고통을 느끼는지 안 느끼는지는 모르겠으나, 그에 따른 영향은 충분히 받고 있었다.

달려드는 백목의 몸은 정상일 때와 달리 팔이 떨어져 나간 방향으로 기울어진 상태였고, 백목은 그것을 의식하며 중심을 바로잡기 위해서 연신 상체를 좌측으로 트는 모습이었다.

"결국 너도 머리를 쓴다는 거네."

설무백은 짧게 한마디 하고는 달려드는 백목을 한 걸음에 마중했다.

저만치 굴러갔던 청두가 어느새 일어나서 다가서고 있으나, 그는 전혀 신경 쓰지 않았다.

백목이 이제는 하나뿐이 주먹을 크게 휘둘렀다.

전신의 기운이 그 주먹에 응집되었는지 시커먼 마기의 덩어리로 보이는 주먹이었다.

물론 설무백에게는 통하지 않은 수였다.

설무백은 왼손을 가볍게 쳐들어서 휘둘러지는 그 주먹을 막으며 오른손을 길게 뻗어 내서 백목의 목을 콱 움켜잡았다.

백목이 괴로운 표정으로 뒤로 물러났다.

그사이 지근거리로 다가온 청두의 주먹이 설무백의 등을 때렸다.

쾅-!

설무백의 등에서 둔탁한 타격음이 작렬했다.

설무백은 무시했다.

적잖은 충격이 전해지며 내부가 진탕되는 찌릿함이 느껴졌지만, 참지 못할 정도는 아니었다.

그는 순간적으로 백목의 어깨를 두 손으로 잡고 도약해서 뒤에 있는 청두의 가슴을 발로 차 버렸다.

청두가 뒤로 나동그라졌다.

설무백은 그사이 도약해서 백목의 어깨에 올라타며 두 손으로 목을 움켜잡았다.

"크르르……!"

백목의 손톱이 다급하게 설무백의 등을 긁었다.

손톱으로 등을 후벼 파려는 것처럼 보이는 행동이었다.

보통의 경우라면 그의 손톱은 어김없이 등을 파고들어가서

척추를 부러트리고 내장을 움켜쥐었을 터였다.

그의 손에는 능히 그럴 수 있는 괴력이, 아니, 마력이 담겨 있는 것이다.

그러나 설무백은 그간 그가 상대한 사람과는 전혀 다른 유형의 사람이었다. 적어도 다른 피부를 가지고 있었다.

끼이이익–!

쇠갈고리가 철판을 긁는 소음이 일어났다.

백목의 손톱이 설무백의 등을 뚫고 들어가지 못하고 긁으며 일어나는 소리였다.

강철보다 더 단단하고 날카로운 역천강시인 백목의 손톱도 철마신의 경지를 이룬 설무백의 피부를 뚫지 못하는 것이다.

설무백은 그사이 백목의 턱과 뒷목을 움켜잡은 두 손에 힘을 가했다.

짧고 강하게 한 번, 그리고 다시 강하고 길게 당기는 힘이 백목의 목에 가해졌다.

드드드득–!

섬뜩한 소음이 일어나며 백목의 늘어났고, 이내 끔찍한 모습으로 뜯겨지며 머리가 몸에서 떨어졌다.

실로 엄청난 공력이었다.

고도로 제련된 강철보다 더 강한 육체를 가진 역천강시의 목을 힘으로 뽑아내 버린 것이다.

머리를 잃은 백목의 몸이 두 손을 허우적거리며 쓰러졌고,

파르르 경력을 일으키다가 잦아들어 모든 움직임을 멈추었다.

"크아아아……!"

설무백의 손에 백목의 머리가 뽑혀지는 그 순간, 청두가 괴성을 내지르며 달려들었다.

그건 마치 강시인 그들 사이에도 감정의 교류가, 즉 동료애가 있는 것으로 보였는데, 설무백은 그게 연연하지 않고 움직였다.

휘릭-!

설무백은 가벼운 공중제비로 청두의 주먹을 피했다. 그리고 그대로 하강해서 헛손질을 하며 자신의 아래로 지나가는 청두의 어깨를 접은 무릎으로 강하게 찍어 눌렀다.

청두의 몸이 마치 못처럼 허리까지 땅에 박혔다.

설무백은 그런 청두의 어깨를 밟고 서서 두 손으로 턱과 뒷목을 움켜잡았다.

"크아아아……!"

청두가 길게 쳐든 손으로 설무백의 옆구리를 잡으며 몸부림쳤다.

끼기기기-!

청두의 손톱이 설무백의 옆구리를 마구 휘저으며 쇠가 쇠를 긁는 듯한 소름끼치는 소음이 터져 나왔다.

자신의 손이 또는 손톱이 설무백에게 아무런 상해를 입히지 못하고 무기력하자 그는 광분을 더하고 있었다.

설무백은 그에 상관하지 않고 힘을 써서 앞선 백목의 경우처럼 청두의 머리도 무처럼 뽑아 버렸다.

드드드득―!

섬뜩한 소음과 함께 청두의 머리와 몸이 완전히 분리되었다.

머리를 잃은 청두의 몸이 두 손을 허우적거리다가 바닥으로 쓰러졌다. 그리고 바닥에 엎어져서도 한참을 더 버둥거리다가 겨우 멈추었다.

장내는 찬물을 끼얹은 것처럼 고요했다.

요미가 이미 남은 흑사자들을 전부 다 황천길로 보낸 후였기에 그랬는데, 다들 넋이 나간 사람처럼 멍하니 서서 설무백을 바라보고만 있었다.

시간이 멈춘 것 같은 그 순간, 백영이 황당하다는 식의 감탄으로 시간의 흐름을 이어 나갔다.

"아씨, 지렸다, 오줌!"

멈춘 것 같은 시간이 다시 흘렀다.

정신을 차린 흑응이 조심스럽게 뒷걸음질했다.

그러나 정작 말도 안 되는 신위를 드러내서 장내의 모두를 멍하게 만들었던 설무백은 아무렇지도 않았기에 흑응의 움직임에 바로 반응해서 시선을 주었다.

물러서던 흑응이 움찔하며 멈추었다.

설무백은 씩 웃는 낯으로 말했다.

"어이, 탈명도(奪命刀) 구척(丘倜)의 탈명십삼도(奪命十三刀)를 훔쳐 배운 흑응, 괜한 짓 말고 어서 이리 오지?"

흑응이 대번에 눈이 커질 정도로 화들짝 놀랐다.

아니, 어떻게 일면식도 없던 자가 사부인 사도진악에게만 털어놓은 비밀을 알고 있단 말인가.

그러나 설무백은 그보다 더한 것도 알고 있었다.

지금 그의 눈앞에 있는 흑응은 전생의 그가 쾌활림에서 데리고 있던 열세 명의 의형제들 중의 하나였기 때문이다.

'기본적으로 겁이 많은 녀석이었지. 흑도에 어울리지 않을 정도로 여린 심성을 가졌음에도 그 때문에 철저하게 실리를 따지는 기회주의자가 되어서 이래저래 욕을 많이 먹었고. 지금도 그럴까?'

설무백은 내심 전생의 흑응을 떠올리며 짐짓 냉정한 눈초리로 손가락을 까딱였다.

"좋은 말로 할 때 와라. 거기서 도망치면 죽는 길밖에 없지만, 포기하고 이쪽으로 오면 살 수 있는 기회가 있다."

흑응은 길게 고민하지 않았다.

아니, 이미 선택의 여지가 없었는지도 모른다.

지금 그의 앞에는 역천강시를 맨손으로 죽여 버린, 아니, 분해해 버린 설무백이 서 있고, 뒤에는 불과 일여 각 만에 사십여 명의 흑사자들을 황천길로 보내 버린 요미가 모습을 드러내고 있었기 때문이다.

그는 즉시 조르르 설무백의 면전으로 다가와서 물었다.

"내게 원하는 게 뭐요?"

설무백은 잠시 말문이 막혀 버렸다.

같아도 이렇게 같을 수가 있나 싶어서 선뜻 뭐라고 할 말이 떠오르지 않았다.

대신 공야무륵이 실소하며 말했다.

"뭐 이런 놈이 다 있지?"

공야무륵은 한 대 칠 것 같은 기색이었다.

적이든 아군이든 배신자는 뼛속에서부터 거부하는 그인 것이다.

설무백은 슬쩍 손을 들어서 공야무륵의 행동을 막았다.

흑응에게 살 수 있는 기회가 있다는 그의 말은 거짓이 아니었다.

그럴 만한 이유가 있었다.

지금 흑응은 예하의 흑사자들보다도 흐린 마기를 풍기고 있었고, 그건 그가 예하의 흑사자들보다도 더 마공에 심취해 있지 않다는 뜻이기 때문이다.

설무백은 마음을 다잡고 말했다.

"약속하지. 내가 묻는 말에 성실히 대답해 주면 쾌활림을 떠난다는 조건으로 살려 주마."

"쾌활림을 떠나야……?"

"왜? 싫어?"

"아, 아니오! 떠나겠소!"

흑응이 자못 단호하게 잘라 말했다.

"무조건 떠날 테니 어서 물어보시오. 대체 뭐요, 궁금한 게?"

설무백은 잠시 침묵한 채 물끄러미 흑응의 눈빛을 마주했다.

너무 쉬워도 문제인 것이 어쩔 수 없는 인간의 양면성인 것이다.

흑응이 그런 그의 마음을 읽은 듯 급히 부연했다.

"그런 눈으로 보시 마시오! 거짓이 아니오! 사실 안 그래도 전부터 쾌활림이 나와는 맞지 않는 옷이라고 생각하던 참이었소! 정말이오!"

설무백은 흑응의 말을 진심으로 느끼며 물었다.

"너희들 열세 명의 의형제들 중에 너와 같은 생각을 하는 사람이 더 있나?"

"......!"

흑응이 정말 이상하다는 눈빛으로 바라보며 고개를 갸웃거렸다.

"아까 나에 대해서 아는 것도 그렇고, 지금 말하는 것도 그렇고, 대체 귀하는 쾌활림에 대해서 얼마나 알고 있는 거요?"

설무백은 짧게 되물었다.

"살고 싶지 않아?"

흑응이 흠칫하며 입을 다물었다.

설무백은 자못 냉정하게 주의를 주었다.

"질문은 내가. 너는 대답만. 할 수 있지?"

흑응이 서당의 말 잘 듣는 학동처럼 고개를 끄덕이며 힘주어 대답했다.

"물론 할 수 있소!"

설무백은 우선 수중에 들고 있던 청두의 머리를 흔들어 보이며 물었다.

"천강시인가 했는데, 아냐. 천강시가 감정을 드러낸다는 것은 듣지도 보지도 못했으니까. 뭐냐 이놈들은?"

흑응이 대답했다.

"역천강시요. 잘은 모르지만, 모종의 수법을 통해서 격을 놓인 천강시라고 들었소."

설무백은 싸늘해져서 말했다.

"인신공양이겠지. 어차피 마교에서 들여온 마물일 테니까."

흑응이 흠칫하며 고개를 저었다.

"말했다시피 나는 잘 모르는 일이오."

설무백은 내심 인정했다.

흑응의 태도가 기만으로 보이지 않았다.

"쾌활림에 저런 마물을 몇 구나 가지고 있나?"

"열여덟 구요. 그리고……."

대답하던 흑응의 시선이 설무백의 뒤에 시립한 공야무륵에게 돌아갔다.

"앞서 대동했던 사군과 야효라고 하는 두 구의 역천강시는 저치로 인해 팔이 떨어져서 모처로 치료를 받으러 갔다고 들었소. 아마도……."

흑웅이 설무백의 수중에 들린 청두의 머리를 시작으로 주변 바닥에 널브러진 백목의 머리와 그 육체들을 보며 쓰게 웃었다.

"얘들 역시 데려가서 며칠 치료하면……!"

설무백은 흑웅의 말이 끝나기 전에 손에 들고 청두의 머리를 툭 바닥에 떨구고는 무자비하게 발로 짓밟았다.

그 순간에 천마령의 기운에 기인한 검은 연기와도 같은 마기가 그의 전신을 휘감다가 사라졌으나, 다른 사람들의 눈에는 그저 환상처럼 보였다.

퍽―!

청두의 머리가 박살 나며 특유의 청록색 피와 썩은 두부처럼 거무튀튀한 뇌수가 튀었다.

흑웅의 눈이 더 할 수 없이 크게 부릅떠졌다.

설무백은 그게 아랑곳하지 않고 느긋하게 자리를 옮겨서 한쪽 구석에 있던 백목의 머리도 사정없이 짓밟아 버렸다.

퍽―!

백목의 머리도 여지없이 잘 익은 수박처럼 터져 버리며 청록색의 피와 썩은 두부 같은 뇌수가 사방으로 비산했다.

설무백은 그제야 슬쩍 고개를 돌려서 흑웅을 쳐다보며 물었다.

"이래도?"

흑응이 마른침을 꿀꺽 삼키고 나서 말을 더듬었다.

"그, 그 정도라면 설령 대, 대사신선이 와도 되살릴 수 없을 거요."

설무백은 무심하게 어깨를 으쓱하며 말했다.

"그럼 다음 질문. 쾌활림주, 그러니까 명분상이긴 하지만 네 사부인 암왕 사도진악은 대체 언제부터 마교의 주구 노릇을 하고 있었던 거냐?"

흑응의 얼굴이 곤혹스럽게 일그러졌다.

설무백의 말마따나 비록 명분상이긴 하지만 암왕 사도진악은 친위대인 흑사자들의 수뇌 열세 명을 제자로 거두고 있었다.

명분상이든 어쨌든 간에 사부는 사부인 사도진악에 대해서 말을 하자니, 제자인 도리로 선뜻 말문이 열리지 않는 모양이었다.

설무백은 나직하나, 충분히 싸늘한 목소리로 경고했다.

"쾌활림을 떠난다는 것은 사부인 암왕 사도진악과도 등을 돌린다는 의미인 거다. 아닌가?"

흑응이 그제야 작심한 기색으로 대답했다.

"언제부터인지는 나도 모르오. 다만 지난날 남북이 대립하기 이전인 것만큼은 분명하오. 그때부터 이상했으니까."

설무백은 기분이 더러워졌다.

장강을 기점으로 하는 중원의 남과 북이 남맹과 북련이라는
이름으로 대치하기 전부터라면 최소한 칠팔 년은 넘었다는 뜻
이었다.

그리고 그것은 그가 기억하는 전생의 상황과 많이 다른 얘
기였다. 그의 환생으로 인한 변화는 실로 다방면에 걸쳐서 엄
청난 영향을 끼치고 있는 것이다.

'하긴, 애들이 벌써 마공을 익히고 있는 것부터가 전생과 다
른 상황이지!'

잠시 자신도 모르게 애틋한 마음이 드러나는 눈빛으로 흑응
을 바라보았다.

흑응이 이상하다는 표정으로 그의 시선을 마주했다.

설무백은 뒤늦게 자신의 실태를 깨닫고 애써 어색해진 감정
을 추스르며 순간적으로 손을 내밀어서 흑응의 머리를 움켜잡
았다.

"헉!"

흑응이 기겁하며 빠져나가려고 했다.

설무백이 더욱 강하게 움켜잡으며 일갈했다.

"그대로 있어! 죽이려는 게 아니라 살리려는 거니까!"

흑응이 체념한 듯 그대로 있었다.

설무백은 그사이 천마령의 기운을 진기를 운용해서 흑응의
내부에서 느껴지는 마기의 근원을 탐색했고, 이내 찾아냈다.

아직 익히지 못한 것인지 아니면 스스로 거부해서 익히지

않고 있는 것인지는 모르겠으나, 단전 한쪽에 미약하나마 마공의 기운이 웅크리고 있었다.

설무백은 고도의 흡정흡기신공을 발휘해서 그 마공의 기운만 흡수했다.

그는 그동안의 경험을 토대로 어쩌면 상대의 내공에서 마공의 기운만 뽑아내는 것도 가능할지 모른다는 생각을 하고 있었다.

다만 확신이 없었는데, 막상 펼쳐 보니 놀랍게도 그게 쉽게 이루어졌다.

흑웅이 그걸 느낀 듯 실로 귀신을 바라보는 듯한 눈초리로 설무백을 바라보았다.

설무백은 그런 흑웅의 머리에서 손을 떼고 돌아서며 짐짓 추상같은 목소리로 말했다.

"가라! 그리고 다시는 내 눈에 띄지 마라!"

함정에서 뛰어 난 범 (3)

공야무륵 등은 흑응을 살려 보내는 설무백의 태도를 적잖게 어리둥절한 시각으로 바라보았으나, 그게 다였다.

누구도 이의를 제기하거나 불만을 토로하지 않았다.

당연한 반응이었다.

그들에게 설무백은 이미 오래전부터 불가해의 영역에 있는 존재였고, 그래서 그의 결정은 무조건 따라야 하는 숙명과도 같다고 여겼기 때문이다.

하물며 그와 무관하게 그럴 여력도 없었다.

공야무륵은 제대로 치료받지 않은 상태로 연신 내력을 운기한 까닭에 내외상이 깊었고, 흑영과 백영은 갖은 고문의 여파로 이미 탈진한 몸이라 온전히 서 있는 것조차 버거운 상태였다.

특히 백영의 한쪽 눈은 치료가 시급했다.

앞서 안구가 빠져나간 그의 한쪽 눈은 실로 목숨을 연장하기 위한 수단인 것처럼 눈구멍에 지혈산만 뿌리는 식의 간단한 응급처지만 해 놓은 상태라 그대로 두고 시간을 더 지체했다가는 안에서부터 썩어 들어가서 목숨을 부지하기가 어려웠다.

"일단 자리를 옮기자."

설무백은 서둘러 자리를 옮겼다.

흑영과 백영이 잡혀 있던 쾌활림의 지부는 일종의 안가였고, 무한에서 동쪽으로 사백여 리가 떨어진 작은 도시인 한천부(漢川府)의 외각에 위치한 장원이었다.

다만 흑도천상회의 총단이 지근거리인 그곳, 한천부에도 하오문의 제자들이 활동하고 있어서 은신처를 구하는 것은 어렵지 않았다.

설무백은 홀로 나서서 도심의 저잣거리에 자리한 객잔의 대문가에 하오문의 흑화(암호)를 남긴 지 불과 일각도 되지 않아서 찾아온 하오문의 주결제자인 중년사내 하륜보(河倫保)의 도움을 받아서 쉽게 은신처를 구할 수 있었다.

쾌활림의 비밀 지부와 정반대인 한천부의 서쪽 외각에 펼쳐진 산의 중턱에 자리 잡은 아담한 모옥(茅屋)이었다.

"제가 종종 사냥을 나섰을 때 쓰는 거처입니다. 기본적인 식기와 식재료도 마련되어 있고, 가끔 가죽도 보관해 두는 곳인

천외천의
주인

데 남들에게 비밀로 한 장소라 당분간 지내시기에는 무리가 없으실 겁니다."

하륜보는 인근 도시를 오가며 사람들을 이동시켜 주는 마부였으나, 그것만으로는 가족을 돌보기 어려워서 틈틈이 사냥에 나선다고 했는데, 과연 모옥은 그의 말대로였다.

모옥의 위치는 산의 중턱이면서도 막다른 길목에서 위쪽으로 한참 벗어난 언덕의 움푹 파인 지대에 들어서서 쉽사리 사람들의 눈에 띄지 않는 장소였고, 안에는 각종 식기와 식재료가 구비되어 있어서 설무백 등이 지내기에 더 없이 좋았다.

설무백은 그렇게 자리를 옮기자마자 만사를 제쳐 두고 백영부터 치료했다.

백영은 고문의 상처도 상처지만 무엇보다도 안구를 무자비하게 적출당한 까닭에 고통이 이만저만 아닌지라 자리를 옮기는 동안에도 혼절하고 깨어나기를 반복할 정도로 상태가 심각했다.

설무백의 치료는 간단했다.

다만 다른 사람은 절대 할 수 없었다.

자신의 피를 먹이고, 진기를 나누어 준 다음, 추궁과혈(推宮過穴)로 운기조식을 돕는 것이 그의 치료였기 때문이다.

백영의 치료가 그렇게 끝나고, 공야무륵과 흑영의 치료도 잘 마무리되었다.

그래서 남은 문제는 적출당한 백영의 안구를 대신할 것을 서둘러 찾는 일이었다.

그럴 수밖에 없는 것이, 눈알이 통째로 빠져나가서 이대로 그냥 두면 머지않아 얼굴의 형태마저 변형될 처지였다.

정확히 다시 말하면 얼굴근육이 자연히 비어 있는 눈구멍으로 이동하는 쏠림 현상이 일어나서 눈매가 쏠리고 코가 삐뚤어지는 등, 얼굴의 형태가 크게 일그러져서 전혀 딴사람처럼 변하게 되는 것인데, 그럼 그로 인해 두 번째 문제가 발생한다.

바로 두통이다.

인위적인 안구적출로 인해 발생한 쏠림 현상 때문에 눈구멍으로 밀고 들어오는 살과 근육은 상당한 압력을 일으키고 그로 인해 두통이 발생하며, 그 두통은 눈구멍이 다 메워지고 어떤 식으로든 얼굴의 형태가 안정될 때까지 일 년이고 이 년이고 지속된다.

이는 그가 전생에 백영과 유사한 방식으로 안구를 적출당해서 애꾸로 생활하던 사람이었기에 익히 잘 알고 있는 사실이었다.

따라서 그걸 방지하려면 한시라도 빨리 뭐라도 넣어서 비어진 눈구멍을 메워야 하는데, 일반적으로 옥 같은 것으로 의안(義眼)을 만들어서 눈구멍을 채우는 것이 보통이다.

물론 전생의 그는 옥이 아니라 그보다 백배 비싼 묘안석으로 대신했다.

그것도 보통의 묘안석이 아니라 찬기운을 흡수해서 혈액순

환을 도우며 주변에 끼는 유해 물질을 배출하는 효과도 가진데다, 무게도 보통의 묘안석보다도 훨씬 가벼워서 이물질이라는 느낌도 들지 않는 무가지보인 묘안신석(猫眼神石)이었다.

그것은 당시의 그도 기연이었을 정도로 절대 쉽게 얻을 수 있는 보물이 아니다.

"우선 급한 대로……!"

결국 결론은 옥이었다.

설무백은 그래서 굳이 자신이 나서지 않고 하륜보에게 적당한 옥을 사 오라고 시켰다.

잠시겠으나 운기조식에 들어간 공야무륵 등의 곁을 떠나려니 마음이 내키지 않았던 것이다.

그런데 그런 그의 결정이 화를 불렀다.

아니, 처음에는 화라고 생각했으나, 나중에 보니 인연의 연계였다.

설무백의 지시를 받고 시내로 나가서 백영의 의안으로 쓸 재료인 옥을 사 가지고 돌아오는 하륜보를 미행해서 따라온 자가 있었다.

모옥으로 들어서는 길목인 비탈길 아래 막다른 길목에 이르러 스스로 모습을 드러낸 그자는 바로 흑응이었다.

"뭐냐, 너?"

설무백은 어이없다는 표정으로 물었다.

진작부터 하륜보의 뒤를 미행하는 자가 있다는 것을 간파한 그는 이미 모옥의 마당 끝에 나와서 비탈길 아래인 막다른 길목을 내려다보고 있었던 것이다.

"다시는 내 눈에 띄지 말라고 했을 텐데?"

비탈길을 오르다가 화들짝 놀란 하륜보가 그제야 자신이 꼬리를 매달고 왔다는 사실을 알고 어쩔 줄 모르는 가운데, 흑웅이 무거운 안색으로 잠시 뜸을 들이다가 대답했다.

"갈 데가 없소."

설무백은 눈살을 찌푸렸다.

무슨 말인지는 안다. 흑도가 다 그랬다.

이유야 어쨌든 몸담고 있던 방파를 등지면 그간 저지른 악행들이 화로 돌아오게 되어 있다.

이래저래 지켜 주던 울타리가 사라졌으니, 그간 참고 당해 주던 자들이 칼을 뽑아 드는 것이다.

하지만 어쩌겠는가. 자업자득이다.

사정이야 딱하지만, 다른 누구도 아닌 자신이 쌓은 업보이니만큼, 남이 도와줄 일이 아니다.

설무백은 냉정하게 말했다.

"그래서 뭐? 나보고 어쩌라고?"

흑웅이 답변 대신 슬쩍 하륜보를 일별하며 다른 말을 했다.

"눈을 상한 친구가 있으니. 의안을 구할 거라고 생각했소. 그리고 다들 상처가 심하니 도심에서 멀리 가지 않고 근방에 머물 거라고 판단해서 보석상이 모인 저잣거리에서 잠복하고 있었는데, 재수 좋게 저치를 발견해서 따라온 거요. 여기 한천부는 현급으로 작은 도시라 의안으로 쓸 만한 옥을 다루는 보석상은 거기 저잣거리 하나뿐이라서 말이오."

설무백은 묘하다는 눈빛으로 바라보며 물었다.

"지금 그걸 왜 내게 설명하는 거지?"

흑응이 대답했다.

"내가 이제 더는 당신에게 위해를 가할 생각이 없다는 것과 내가 그 정도 머리는 있으니 아무짝에도 쓸모없는 놈은 아니라는 것을 알려 주려는 거요."

설무백은 지금 흑응이 하고자 하는 말이 무엇인지 충분히 짐작하며 물었다.

"너 정말 진심이냐?"

흑응이 인정했다.

"진심이오. 말했잖소. 갈 곳이 없다고."

설무백은 기분이 묘했다.

흑응은 전생의 그가 의형제들 중에서 아홉째인 흑와(黑蛙)와 더불어 둘째 흑표만큼이나 아끼던 동생이었다.

막내라서 그런 면이 없지 않아 있긴 하지만, 그보다는 다른 녀석들에 비해 워낙 여린 심성이라 매사에 눈에 밟혔었다.

'이렇게 이어지나?'

설무백이 내심 고소를 금치 못한 그때, 흑응이 깜박 잊었다는 듯 다시 말했다.

"아참, 이거……!"

흑웅이 품에서 손바닥만 한 나무상자 하나를 꺼내서 열어 보였다.

"의안을 만드는데 옥보다는 이게 나을 거요. 옥으로 만든 의안은 적어도 하루에 서너 번은 물이든 기름이든 넣어 주고 닦아 주지 않으면 메말라서 눈을 깜빡일 수조차 없도록 아플 테지만, 이건 습기를 머금은 기물이라 한 달에 한두 번만으로도 충분하니까."

설무백은 당황했다. 적잖게 놀랍기도 했다.

흑웅이 열어 보인 상자에는 과거 그가 의안으로 사용하던 묘안신석이 담겨 있었다.

"너, 그거……?"

설무백은 부지불식간에 입을 열다가 잠시 멈추고는 질문의 방향을 바꾸었다.

"그걸 언제 얻었냐?"

흑웅이 고개를 갸웃하며 되물었다.

"지금 마치 이걸 오래전부터 알고 있는 사람처럼 묻고 있는 거 아시오?"

"대답부터!"

"……?"

흑웅이 정말 이상하다는 듯이 쳐다보며 잠시 뜸을 들이다가 대답했다.

"네 달 전에 얻었소."

"안휘성 태호(太湖) 인근의 잠산(潛山) 기슭에서?"

"……!"

"대답!"

"그, 그렇소. 거기서 얻었소."

설무백은 놀란 눈빛으로 바라보는 흑응의 시선을 무시한 채 자신이 묘안신석을 얻은 전생의 그날을 회상하며 말했다.

"그걸 네게 준 노인에게는 보석이 박힌 황금선녀상도 있었을 거다. 그 황금선녀상은 어떻게 했냐?"

"그, 그걸 어떻게……?"

"대답! 솔직하게!"

"……."

흑응이 잠시 망설이다가 대답했다.

"그건 그 노인과 함께 묻어 주었소. 그 노인은 사경을 헤매고 있었고, 설령 대라 신선이 온다고 해도 살릴 수 없는 지경이었는데, 내게 그리 부탁했소. 손녀의 모습이라면 같이 묻어 달라고, 대신 이걸 주겠다고. 그래서 같이 묻어 주었소."

설무백은 못내 특유의 미온한 미소를 지었다.

전생의 그도 그랬었다.

실로 정체를 알 수 없는 그 무명노인은 상당한 고수였는데, 누구와의 격전으로 다친 것인지는 몰라도 거의 죽기 일보직전의 상태에서 우연찮게 만난 그에게 그런 부탁을 하고 죽었었다.

'상대만 바뀔 뿐이지 일어날 일은 어차피 일어난다는 걸까?'

그럴 수도 있고, 아닐 수도 있다.

상대가 바뀐다는 것은 전체가 바뀐 것과 다르지 않기 때문이다.

'어쨌든……!'

설무백은 픽 웃는 낯으로 흑응을 바라보며 손을 내밀었다.

순간, 흑응이 손에 들고 있던 나무상자가 흡사 보이지 않는 끈에 묶여서 달려오는 것처럼 그의 손아귀로 들어갔다.

무려 십여 장이 넘는 거리에서 허공섭물을 펼친 것이다.

흑응은 수중의 나무상자를 빼앗기는 것보다 그것이 더 놀랍고 황당했는지 입을 딱 벌렸다.

설무백은 상관하지 않고 돌아서며 말했다.

"올라와."

허락이었다.

설무백은 흑응을 받아 주기로 결정한 것이다.

"아……!"

흑응이 반색하며 후다닥 비탈길을 달려 올라갔다. 그리고 그때부터 그는 설무백의 수발을 들며 한 달 동안이나 공야무륵 등의 곁을 지켜야 했다.

운기행공에 든 공야무륵과 백영, 흑영이 꼬박 보름이 넘도록 전신이 불덩이가 된 것처럼 끓어 올랐다가 다시 식는 것을 반복하며 몸을 앓았기 때문이다.

공야무륵 등의 상태가 그만큼 위중하다는 뜻이었다.

그리고 그 상태로 운기행공을 하는 것은 정말 자살행위가 같은 일이었다.

적어도 흑웅의 관점에서 보면 그랬다.

여차하면 주화입마에 들어서 목숨을 잃고 황천 고혼이 되어 버리는 것이다.

그러나 설무백은 그에 대해서 태연했고, 실제로 아무 일도 일어나지 않았다.

공야무륵 등이 너무 고열에 시달린다 싶으면 그는 아무렇지도 않게 그들의 뒤에 앉아서 명문혈에 손을 대고 모종의 진기전이대법을 통해서 도움을 주곤 했을 뿐이다.

기실 이건 이것대로 흑웅의 관점으로는 도저히 있을 수 없는 상식 밖의 일이었다.

운기조식이나 운기행공에 든 사람은 미지의 오감이 열리며 주변의 변화에 더 없이 민감하게 반응하는 까닭에 여차하면 사소한 소리에도 경기를 일으키며 주화입마에 빠질 수 있기 때문이다.

그런데 설무백은 그런 상식을 무시했고, 또한 그것이 통했다.

흑웅은 더 이상 설무백이 사람으로 보이지 않았다.

이제 그가 보는 설무백은 사람을 넘어서는 어떤 존재, 실로 불가해의 괴물이었다.

그렇듯 설무백에 대한 흑응의 인색이 완전히 바뀌었을 때, 공야무륵과 흑영, 백영이 기적처럼 눈을 뜨며 깨어났다.

　정확히 그때가 한 달하고 이틀이 흐른 날이었다.

　한 달은 결코 짧은 시간이 아니었다. 많은 변화가 있었다.

　중원무림에서 알게 모르게 쉬쉬하던 마교의 발호가 공식화되었고, 천사교가 마교의 일맥이었다는 사실도 드러났다.

　세외와 관외의 판세가 이미 마교의 수중에 들어갔다는 것도 밝혀졌으며, 거기에는 변방의 주둔하던 황군도 포함되었다는 소문이 공공연히 떠돌았다.

　남경 응천부와 북평왕부로 나누어진 황궁의 대립이 치열해진 강호무림의 정세와 맞물려서 한층 더 복잡해졌다.

　일각에서는 천사교가 그들 사이를 오가는 교두보 역할을 하며 강호무림의 평화와 안정을 도모하고 있다는 얘기가 떠돌았으나, 확인된 바는 없었다.

　다른 일각에서는 소림과 무당 등 구대문파를 축으로 하는 무림맹이 북평왕부를 밀고 있으며, 강남무림세가의 중심인 구양세가와 쾌활림과 흑선궁 등인 흑도 세력을 축으로 하는 흑도천상회는 남경 응천부를 지원하고 있다는 얘기도 떠돌았는데, 이 역시 공식적으로 확인된 바가 없어서 말하기 좋아하는 호사가들이 퍼트린 낭설로 치부되고 있었다.

　다만 그런저런 소문과 낭설들은 가뜩이나 어지러운 세상을 더욱 어지럽게 만들었고, 그러는 와중에도 마교의 일맥으로 드러난 천사교는 득세하고 무림맹의 입지는 점점 더 좁아져 갔다.

무림맹의 입장에서는 어쩔 수 없는 상황이었다.

흑도천상회는 일체의 활동을 자제한 채 침묵하고 있으나, 무림맹의 입장에선 불가피하게도 그들을 견제하며 혹은 눈치를 보며 천사교를 상대해야 했기 때문이다.

그래서였다.

무림맹의 입지가 좁아지자 당연한 결과로 구대문파 등 무림맹에 가입한 방파들의 입지도 좁아졌고, 그것은 다시 무림맹의 약화라는 악순환을 가져왔다.

구대문파를 포함한 모든 각대문파가 본산의 방어를 강화하기 위한 수단으로 무림맹에 대한 지원을 축소할 수밖에 없었기 때문이다.

무림맹은 그것을 만회하기 위한 방편으로 천사교를 상대로 선전하고 있던 녹림 세력들을, 즉 황하수로연맹과 장강십팔타, 그리고 분열의 아픔을 딛고 굳건히 자리를 지키고 있는 녹림맹에게 손을 내밀었다.

그러나 전례를 깬 그들의 결단은 아무런 소득 없이 무위로 돌아가고 말았다.

그들의 입장에선 낯부끄럽게도 녹림의 세력들 모두가 하나같이 그들의 손을 거부했던 것인데, 그건 또 그것대로 악순환의 연속이었다.

전례에 없던 무림맹의 선택은 자신들의 상태가 그처럼 어렵

다는 점을 드러낸 꼴이 되어 버려서 음으로 양으로 무림맹의
자금을 지원하던 사람들마저 차츰 하나둘씩 거리를 두기 시작
한 까닭이었다.

이건 실로 큰 문제였다.

사람이 살아가는 데 가장 먼저 해결해야 할 문제가 먹고사
는 문제인 까닭이다.

제아무리 좋은 구경도 식후경이라는 말이 있듯 배가 고프면
만사 그게 무슨 일이든 나서기 싫어지는 것이 타고난 사람의
본성인 것이다.

그런데 자금줄이 끊어지면 가장 기본이 되는 그것을, 바로
먹고사는 문제를 해결할 수가 없게 된다.

졸지에 무림맹의 존립마저 위협하는 엄청난 사건이 터져 버
린 셈이었다.

따라서 작금의 강호무림은 목하 무림맹의 다음 행보를 예
의 주시하는 중이었고, 설무백도 그중의 한 사람이었다.

이건 내내 설무백과 함께 지내던 흑응이 실로 이해할 수 없
는 부분이었는데, 그와 마찬가지로 내내 산중의 모옥을 떠나
지 않고 지내던 설무백은 마치 거짓말처럼 강호무림의 동향을
세밀한 부분까지 낱낱이 파악하고 있었다.

하다못해 흑도천상회의 사정조차 그보다 더 자세히 알고 있
었다.

기실 그것은 하오문의 주결제자 하륜보의 연락을 받은 묘안

석자문이 수시로 남몰래 은밀하게 설무백을 찾아와서 보고하기 때문이었으나, 그것을 알 도리가 없는 그의 입장에서 그야말로 귀신이 곡할 노릇일 수밖에 없었다.

다만 흑응이 그와 더불어 내내 의문을 품고 있던 다른 한 가지 문제는 다행스럽게도 공야무륵과 흑영, 백영이 깨어남과 동시에 풀렸다.

요미에 대한 문제가 바로 그것이었다.

흑응은 분명 설무백의 곁에 요사스러운 눈빛의 여고수인 요안마녀 요미가 있다는 것을 알고 있었다.

하지만 어쩐 일인지 공야무륵 등을 치료하기 위해서 모옥으로 거처를 옮기고 나서부터 그는 단 한 번도 그녀의 모습을 본 적이 없었다.

그래서 그는 느낌상으로 그녀가 설무백의 곁을 떠나지 않을 사람이라고 생각하면서도 어쩌면 모종의 임무를 수행하기 위해 떠났을지도 모른다는 생각도 들어서 정신이 매우 혼란스러웠었다.

실로 있는 것 같기도 하고 없는 것 같기도 한 그녀의 존재가 마치 몸에 유령이 달라붙은 것처럼 오싹한 기분이 들어서 그랬다.

그런데 사라졌던 그녀가 나타났다.

느닷없이 귀신처럼, 그야말로 유령 같이 설무백의 그림자에서 빠져나와서 의식을 차린 공야무륵 등을 바라보고 있었다.

흑응은 그제야 깨달았다.

요미는 사라진 것이 아니었다.

그저 고도의 은신술로 설무백의 그림자가 되어 있었는데, 그가 느끼지 못했을 뿐이었다.

설무백만이 아니라 그녀도 괴물이었던 것이다.

그러나 그런 흑응의 생각은 또 틀렸다.

그들만이 아니라 의식을 되찾은 공야무륵과 흑영, 백영도 괴물이었다.

실로 사경을 헤매다가 한 달 만에 깨어난 그들이 설무백 등과 나누는 대화를 듣고 있자니, 그는 절로 그렇게 생각할 수밖에 없었다.

"이거 뭐예요?"

"야, 빼지 말고 그냥 둬! 완전히 자리를 잡으려면 시간이 조금 더 필요하니까."

백영이 의안인 묘안신석을 빼내려다가 설무백의 제지에 그만두고는 벽에 걸린 면경 앞에 서서 멀쩡한 한쪽 눈동자를 이리저리 굴려 보다가 히죽 웃었다.

"와, 이거 정말 괜찮다. 내내 공야 형님이나 요미, 흑영 형님에 비해서 왠지 모르게 꿀리는 기분이었는데, 이 눈 하나로 완전히 자신감 붙는다. 그렇지?"

백영의 질문에 백영이 스스로 답했다.

내상이 회복되고 양의심공이 발동하면서 의식이 돌아온 백가인의 대답이었다.

"뭐, 대충 그렇긴 하네."

"괜찮으면 괜찮고 좋으면 좋은 거지, 대충 그런 건 또 뭐냐? 하여간 여러모로 미적지근한 놈이라니까."

"네 생각에 동조해 준 것만으로도 다행으로 알아. 난 지금 전혀 그럴 기분이 아닌데 크게 선심 쓴 거니까."

"왜 전혀 그럴 기분이 아닌데?"

"뭐 하나 같은 것이 없는 너랑 이제 하나의 눈으로 세상을 봐야 하잖아. 그래도 두 개였을 때는 애써 하나씩 가지고 보는 거라고 자위했는데, 이제 하나라 그렇게 생각할 수도 없게 됐으니 슬프지, 안 슬프냐?"

백영이 황당한 표정을 지었다.

당연하게도 백가환의 자아가 짓는 표정이었다.

"뭐 이런 이기적이고 독선적인 놈이 다 있지? 야, 네가 기분 좋게 혼절했을 때, 내가 어떤 고통을 당했는지 알아? 눈깔이 언제 빠졌는지도 모르는 놈이 한다는 소리가 뭐 따위냐? 난 그래도 그때 너라도 혼절해서 다행이라고 생각했다 이놈아!"

"그랬냐? 미안하다. 사과한다."

"와, 이런 어처구니없는 놈! 여기서 네가 그렇게 대번에 사과해 버리면 내가 뭐가 되냐?"

백영이 정말 어이없고 기가 막힌다는 표정으로 면경에 비친 자신을 향해 삿대질을 해댔다.

백가환의 자아가 백가인의 자아에게 하는 삿대질이었다.

그러나 지금 장내에는 그들보다 몇 백배 더 어이없고 기가 막힌 사람이 있었다.

그들을 지켜보는 흑웅이 그랬다.

"……."

백영의 사정을 도무지 그걸 알 도리가 없는 흑웅은 귀신에 홀린 표정으로 은근슬쩍 좌중의 눈치를 살폈다.

그리고 다들 아무렇지도 않게 웃는 낯으로 백영을 바라보고 있다는 사실을 발견하고는 더욱 충격을 먹었다.

이들은 다 뭘까?

인간이 아닌 새로운 종족인 건가?

흑웅이 그런 말도 안 되는 상상을 하며 어쩔 줄 모르는 참인데, 설무백이 대수롭지 않게 그런 백영을 외면하며 공야무륵을 향해 물었다.

"상처는 좀 어때?"

흑웅은 몰랐는데, 의식을 차린 공야무륵은 어느새 한쪽 벽에 기대져 있던 함지박만 한 대월을 등에 차서 예의 거북이처럼 변한 모습으로 설무백의 뒤에 시립해 있었다.

정신이 들자 아무렇지도 않게 설무백의 호위로 돌아가 있는 것이다.

대답 또한 그처럼 대수롭지 않았다.

"멀쩡합니다. 뼈도 부러졌다가 아물면 더 단단해진다고 하니, 뱃살도 그렇겠죠, 뭐."

그러고는 문득 고도의 무공을 익힌 사람답지 않게 불쑥한 뱃살을 쓰다듬으며 넌지시 재우쳐 물었다.

"근데, 배꼽이 없어졌는데, 사는 데 지장 없겠죠?"

"지장 없어. 때 안 껴서 오히려 좋지 뭐."

"아, 그러네요."

공야무륵이 그걸 또 인정하고 수긍하며 은근히 입가에 기분 좋은 미소를 머금었다.

설무백이 그런 공야무륵을 아무렇지도 외면하며 이번에는 흑영에게 시선을 주었다.

"너는 어때? 어디 불편한 데 있어?"

흑영이 무안한 얼굴로 말을 더듬었다.

"노, 놈들에게 검을 빼앗겨서…… 그, 그게 전에 흑점에서 주군이 사 주신 비싼 건데, 놈들이 부러트려서……."

설무백은 피식 웃으며 돌아서서 문가에 놓여 있던 나무상자 하나를 가져왔다.

관보다는 훨씬 작지만 호리호리한 사람 하나 정도는 들어갈 수 있을 크기의 나무상자였다.

설무백은 나무상자 속에서 검 한 자루를 꺼내서 흑영에게 내밀었다.

"적전(赤電)이라는 이름이 붙은 녀석인데, 흑점에 얘기해서 어렵게 구한 거다."

검붉은 검갑에 날아오르는 봉황 무늬가 흐린 백색으로 정교하게 새겨져 있고, 손잡이의 끝에는 붉은 색으로 빛나는 보석이 박혀 있어서 전체적으로 불그스름한 기운을 풍기는 것 같은 검이었다.

흑영은 절로 마른침을 삼키며 설무백이 건네는 그 검, 적전을 가늘게 떨리는 두 손으로 받아 들었다.

그는 첫눈에 적아의 가치를 알아본 것이다.

물론 흑영만이 아니라 장내의 모두가 적전의 가치를 알아보고 있었다. 아니, 알고 있었다.

붉은 기운을 풍기는 듯한 외관에 적전이라는 이름이 붙은 검은 천하에 오직 하나밖에 없었다.

백대기병에 속하는 보검인 적전이 바로 그것이었다.

"……!"

흑영이 백대기병의 하나인 그 보검 적전을 조심스럽게 뽑았다.

적전은 일말의 소음도 없이 미끄러지듯 뽑혀서 불그스름하게 반투명한 검신을 드러냈다.

흑영은 홀린 듯 바라보며 감탄하고 또 감탄하는 눈빛이다가 이내 자신의 팔뚝을 그어서 피를 내고 적전의 서슬에 묻혔다.

처음 인연을 맺은 검에 자신의 피를 먹이는 것은 더 이상은 내 피를 바라지 말라는 의미를 가진 일종의 액땜으로, 검객들이 오래전부터 행해 오던 관습이자 전통이었다.

흑영은 그러고 나서야 적전의 서슬을 검갑에 갈무리하며 설무백을 향해 깊이 고개를 숙였다.

"감사합니다, 주군! 아끼고 또 아끼며 오래도록 같이하겠습니다!"

설무백은 짐짓 눈총을 주며 웃었다.

"넌 너무 고지식해."

흑영은 그에 아랑곳하지 않고 고개를 들고는 신나서 어쩔 줄 모르는 태도로 적전을 살피고 또 정성껏 어루만지고 있었다.

설무백은 졌다는 표정으로 손을 내저었다.

백영이 그 순간에 불쑥 나서며 말했다.

"저기, 그게, 놈들이 제 일월도도 부러트렸는데…….."

백영이 스스로 자기 말을 받으며 치하했다.

"너 이런 말은 뻔뻔스럽게 잘하더라? 아주 훌륭해!"

설무백은 픽 웃으며 나무상자를 열고 칼 하나를 더 꺼내서 백영을 향해 휙 던졌다.

백영이 기다렸다는 듯 낚아챈 그 칼은 앞서 그가 흑영에게 건넨 적전만큼이나 독특한 외관을 가진 칼이었다.

녹슨 철도처럼 전체적으로 거무튀튀한 빛깔인 것은 차치하고, 보통의 칼보다 짧은 두 자 남짓의 길이에 폭은 어른 손바닥보다도 넓었다.

도갑의 폭만 넓은 건가 했으나, 아니었다.

호기심 어린 눈빛을 바란 백영이 천천히 칼을 뽑자, 그와 같은 넓이의 도신이 드러났다.

"와, 최고!"

백영이 감탄하며 좋아했다.

"전에 쓰던 일월도의 유일한 단점이 너무 가벼워서 중검의 묘리를 따르는 음양천수도의 위력이 제대로 나오지 않는 거였는데, 이 녀석이라면 충분하겠어요!"

설무백은 만족한 표정이었다.

사실 그도 그걸 알고 따져서 구한 칼이었던 것이다.

그는 그 칼의 이름을 알려 주었다.

"광아(狂牙)다. 미친 이빨이라니, 너와 어울리는 이름이지."

"뭐, 그렇다고 치죠."

백영이 이름이야 아무래도 좋다는 듯 무관심하게 대꾸하고는 광아를 이리저리 휘둘러보는 데 여념이 없었다.

그때 요미가 초롱초롱한 눈빛으로 나서며 설무백을 바라보았다.

"저는요?"

설무백은 어리둥절해했다.

"넌 혈마비 그대로 가지고 있잖아?"

요미가 퉁명스럽게 변해서 따졌다.

"그래도 뭐라도 줘야죠? 저도 고생했는데?"

설무백은 멋쩍은 표정으로 앞에 놓인 나무상자를 열어 보였다. 나무상자 안에는 더 이상의 물건이 남아 있지 않았다.

"보다시피 이렇데?"

요미가 짐짓 살쾡이처럼 변한 눈초리로 설무백을 쏘아보다가 이내 다가와서 고개를 쳐들며 입술을 오리처럼 앞으로 죽내밀었다.

"그럼 어쩔 없죠. 아쉬운 대로 뽀뽀라도 해 줘요. 자!"

설무백은 어처구니가 없으면서도 그 모습이 귀여워서 절로 실소하고는 뽀뽀 대신 주먹으로 요미의 머리를 한 대 쥐어박고 돌아서며 말했다.

"자, 자, 그만 정리하고 가자! 군자의 복수는 십 년이 걸려도 늦지 않다는 말이 있긴 하지만, 그건 군자 얘기고, 나는 한 달도 지겹더라!"

설무백은 복수를 언급하고 나서야 정작 자신은 전생의 복수를 아직도 매듭짓지 못하고 있다는 사실을 상기했으나, 그로 인해 별다른 감정이 생기지 않았다.

그건 그것이고, 이건 이것이었다.

귀찮음의 문제를 말하는 것이 아니었다.

전생과 이생의 문제는 단순히 복수라는 감정의 골로 계산할 수 없는, 아니, 연결할 수 없는 그 무엇이라는 뜻이었다.

사실 돌이켜 생각해 보면 이건 그의 감정이 변한 것이었다.

처음 환생한 것을 알고 난 이후의 그는 복수 이외에 다른 것은 생각할 수 없었다.

복수는 언제나 그를 성장시키는 자양분이었으며, 원동력이었다.

　어느 정도 전생에 가졌던 힘을 회복하고 더 나아가서 넘어섰음에도 불구하고 선뜻 복수에 나서지 않는 자신의 태도를 맛있는 과일을 아껴 먹으려는 아이의 심정과 비교한 것도 그 때문이었다.

　그러나 설무백은 그동안 전생과 다른 이생의 역사와 마주치면서, 또한 스스로 그처럼 새로운 역사를 만들어 가면서 차츰차츰 복수에 대한 감정이 희미해져 갔다.

　아니, 복수에 대한 감정이 희미해졌다기보다는 복수에 대한 관념이 변해 간 것이었다.

　그리고 지금의 그는 전혀 다른 시각으로 자신의 복수를 바라보게 되었다.

　요컨대, 그의 환생은 단순한 환생이 아니라 시간을 역행하는 과거로의 회기였기 때문이다.

　단적으로 사람은 그대로지만 그 사람은 전생의 그가 알던 그 사람이 아니었다.

　외관은 그대로일지 몰라도 내면은 다른 사람이었고, 그와의 인연도 전생과 무관하게 전혀 다른 방법으로 혹은 형태로 이어지는 새로운 삶이었다.

　공야무륵의 경우가 대표적인 예였다.

　공야무륵은 그의 전생에서 흑선궁의 핵심인 고수로 그와 적대하는 관계였으나, 이생에서는 그에게 고꿩지신을 자처하는 수하가 되어 있었다.

모르긴 해도, 전생의 사부였던 쾌활림의 암왕 사도진악도, 그리고 둘도 없는 동생으로 생각하던 흑표도 그럴 터였다.

그의 분노를 모를 것이다.

아니, 그를 모를 것이다.

전생의 그는 이생의 그와 완전히 다른 차원에 존재하던 사람이기에 지금의 그들은 그와 아무런 인과관계가 없는 것이다.

설무백은 차츰차츰 그것을 깨닫고 인식하면서도 본능적으로 선뜻 인정하려 들지 않았다.

그러기에는 전생에 당한 배신의 아픔이, 그게 대한 기억이 너무도 크고 강렬했던 것이다.

그러나 지금의 아니었다.

달라졌고, 변했다.

전생에 당한 배신의 아픔을 진지하게 고찰해 볼 수 있을 정도로 성장해 있었다.

적어도 이생의 그들이 전생의 그가 아는 그들과 같지 않다면 복수를 포기할 수 있을 정도까지는 되었다.

그리고 거기에는 우연찮게 만난 전생의 의동생, 흑응의 기여가 적지 않았다.

흑응이 전생과 다른 결정을 내리는 것을 보자, 설무백은 그간 안개에 가려진 섬처럼 뿌옇던 자신의 감정이 선명해졌다.

전생의 감정을 이생에 끌어들일 필요는 없었다.

흑응의 경우처럼, 그리고 앞서 전생의 인과관계와 무관하게 그와 그의 동료들을 기습했던 흑표의 경우처럼, 지금 그는 매순간 전생의 인연과 상관없이 저마다의 전혀 다른 판단에 따라 새로운 인과관계가 이루어지고 있는 것이다.

결국 전생에서처럼 이생에서도 그와 척을 지는 흑표의 경우가 너무도 당연한 것 같아서 오히려 예상 밖의 결과가 빚은 모순이나 부조화처럼 느껴지긴 하지만 말이다.

'그럴 수밖에 없는 운명인 거겠지.'

운명치고는 참으로 장난 같은 운명이었다.

설무백은 장강을 넘어서 호남성으로 입성, 동정호의 서부에 자리한 도시인 례현(澧縣)로 들어서는 길목의 객잔에서 오랜만에 식사다운 식사를 하며 그렇게 뇌까렸다.

호북성 한천부의 모옥을 나서며 흑응을 풍잔으로 보내고 발길을 재촉한 지 하루하고도 반나절이 더 지나간 시점이었다.

설무백이 애초의 목적지인 무한을 외면하고 호남성으로 입성한 것은 호남성의 성도인 장사부(長沙府)를 가기 위함이었다.

호남성의 성도인 장사부는 설무백에게 매우 특별한 지역이었다. 바로 거기 쾌활림의 총단이 자리하고 있기 때문이다.

다만 장사부에는 쾌활림의 총단만이 아니라 흑선궁의 총단도 있었다.

강호무림의 사대흑도 중에서도 따로 양대흑도로 평가받는 쾌활림과 흑선궁은 예로부터 강우량이 풍부하며 사계절이 분명해서 농업에 적합하고, 기본적으로 천연자원이 매우 풍부해서 삼향일지(三鄕—地 : 생선과 쌀, 광물의 고향)이라 불리는 비옥한 땅인 호남성의 성도 장사부를 동서(東西)로 반분하고 있었다.

설무백이 진로를 바꾼 것은 달리 이유가 없었다.

비접 부약운 때문이었다.

기실 설무백이 흑도천상회의 총단을 방문코자 했던 것은 부약운과 그녀가 주도하는 흑선의 요원들을 만나기 위함이었다.

그런데 중도에 입수한 정보에 따르면 그녀가 얼마 전 흑도천상회을 떠나서 자파인 흑선궁으로 돌아갔다고 했다.

설무백은 그것이 이전의 사태와 무관하지 않다고 판단했다.

부약운이 그를 배신하지 않았다.

당시 그녀는 분명 억압당하고 있었다.

그런 마당에 그녀가 느닷없이 흑선궁으로 돌아갔다는 것은 실로 좋지 않은 일을 떠올리게 만드는 상황이었다.

흑표가, 아니, 사도진악이 더 이상 이용 가치가 없는 적을 어떻게 처리하는지 그는 익히 잘 알고 있었기 때문이다.

전생의 그도 그렇게 했다. 죽여 버렸다.

부약운은 흑선궁으로 돌아간 것이 아니라 그들이 죽여 버리고 흑선궁으로 돌아간 것으로 처리했을 가능성이 농후했다.

'사실이 그렇다면!'

설무백은 마음을 다잡았다.

애초에 그는 흑도천상회도 직접 대문을 두드리고 방문할 생각이 없었다.

주변의 이목을 피해서 부약운만을 만나 볼 생각이었다.

이러니저러니 해도 아직은 흑도천상회와 싸울 때가 아니고, 싸울 이유도 없다는 것이 그의 판단이었다.

그런데 이제 상황이 바뀌었다.

사실이 실로 그렇다면 이제 더 이상 피를 보기를 주저하지 않겠다는 것이 그의 결정이었다.

작금의 강호무림이 난세라는 이유를 떠나서 '눈에는 눈, 이에는 이'라는 것이 강호무림의 철칙이고, 되로 주면 반드시 말로 받아 내야 하는 것이 그가 몸담은 흑도의 변할 수 없는 율법인 것이다.

'결코 좌시하지 않겠다!'

설무백은 그런 각오로 인해 본의 아니게 안색이 변한 것 같았다.

요미에게 옆자리를 빼앗기고 맞은편에 앉아서 식사를 하던 공야무륵이 빤히 쳐다보며 물었다.

"음식이 입에 맞지 않으시나요? 저는 괜찮은데……?"

"나도……?"

요미가 돼지고기를 다져서 숙주와 버무린 속을 채운 주먹만한 교자를 한입 크게 베어 물며 공야무륵의 말에 동의하자, 오랜만에 모습을 드러내고 앉아서 식사를 하던 흑영과 백영도 한마디씩 했다.

"저도요."

"저도 맛이 괜찮은데요?"

"아니, 잠시 딴생각을 한 거야."

설무백은 멋쩍게 말하며 식탁을 보다가 이내 요미가 먹던 교자를 낚아채서 한 입 베어 먹었다.

그게 마지막 교자였던 것이다.

"히히……!"

요미가 좋아했다.

그게 무엇이든, 누구의 것이든 간에 자신과 설무백이 공유하는 것은 그녀가 최고로 좋아하는 일이었다.

"더 시킬까, 교자?"

설무백의 의중을 묻는 요미의 목소리가 왁자한 소음이 묻혔다.

객잔의 문이 활짝 열리며 우락부락하게 생긴 서너 명의 사내들이 시끌벅적하게 안으로 들어서고 있었다.

요미가 곱지 않은 시선으로 사내들을 노려보았다.

설무백은 손으로 가만히 탁자를 두드렸다.

요미가 눈치 빠르게 시선을 바로하며 배시시 웃었다.

그때 시끄럽게 웃고 떠들며 설무백 등과 얼마 떨어지지 않은 안쪽의 창가에 자리를 잡고 앉아서 이것저것 요리와 술을 시킨 사내들 중 하나가 문득 관심이 가는 얘기를 꺼냈다.

"근데, 너희들 그거 아냐? 옥문관을 넘어서 하서회랑(河西回

廊)의 중심부인 가욕관(嘉峪關)에 주둔한 무리와 산해관을 점령한 무리, 그리고 운남 등지와 주산군도 북부를 거쳐 자계부(慈溪府)의 해안에 상륙한 무리가 전부 다 마교의 무리란다."

"바보냐? 그걸 이제 알게?"

"뭐야? 넌 그럼 벌써 알고 있었다는 거야?"

"알다마다. 그게 벌써 언제 얘긴데 이제 와서 설레발이야?"

"그래? 그럼 이건 어때?"

처음에 말을 꺼낸 사내가 한층 더 목소리를 낮추는 것으로 동료들의 머리를 한데 모이게 하며 말했다.

"가욕관에 주둔한 무리가 마교총단의 주축인 마황궁의 전력이고, 산해관을 점령한 무리는 마도오문 중 광천문의 세력, 운남을 장악한 무리는 마교총단의 주력인 삼전의 하나인 사왕전의 세력, 주산군도로 상륙한 무리는 바로 사왕전과 같은 삼전에 속한 유명전의 세력이라고 하더군. 설마 이것도 아나?"

한자리에 앉은 사내들은 정확히 다섯 명의 사내들은 머리를 맞댄 채 조용히 속삭이고 있긴 했으나, 주변의 다른 자리에 앉은 다른 사람들이 듣지 못할 정도로 나직한 목소리는 아니었다.

게다가 대화 자체가 세간의 모두가 관심을 가질 만한 마교의 얘기였기 때문에 객청의 사람들이 모두 눈치껏 조용히 하는 바람에 분명 낮은 목소리임에도 저 멀리 구석진 끝자리에 앉은 사람들조차 충분히 들릴 정도로 크게 느껴졌다.

그러나 설무백은 그런 느낌이 아니라 전혀 다른 느낌이 들어서 절로 실소했다.

이건 단순히 객청의 사람들 모두가 귀를 기울이는 바람에 일어난 현상이라는 느낌이 전혀 없었다.

그보다는 노골적인 선전으로 들렸다.

그런데 공야무륵도 그걸 느낀 모양이었다.

슬쩍 설무백을 향해 고개를 기울이며 나직이 속삭였다.

"어째 냄새가 나는 걸요?"

요미가 예민하게 듣고는 물었다.

"무슨 냄새……?"

공야무륵이 말했다.

"구린내."

요미가 자신의 팔과 소매, 손 등을 코에 대고 킁킁거렸다.

"아무 냄새도 안 나는데?"

공야무륵이 그냥 무시하며 설무백을 향해 물었다.

"어떻게 할까요?"

요미가 발끈했다.

"나 아무 냄새도 안 난다니까!"

설무백은 무심하게 요미의 머리를 지그시 누르고 식탁에 놓여 있던 만두 하나를 들어서 입에 물려주며 공야무륵을 향해 말했다.

"왜 저러는 건지 조금 더 들어 보자."

마침 사내들의 대화가 다시 이어지고 있었다.

"그건 처음 듣는 얘기군. 그런데 그게 사실이라면 상황이 좀 이상한데 그래? 주축이든 주력이든 뭐든 간에 다 같은 마교의 무리인데, 왜 그렇게 같은 편이 아닌 것처럼 거리를 두고 있는 거야? 이건 마치 같은 편이 아니라 적이라도 되는 것처럼 대치하고 있는 모양새잖아?"

"그렇지? 너도 그렇게 생각하지? 나도 그런 생각이 들어서 좀 알아봤더니, 그게 굉장한 내막이 있더라고 글쎄."

"어떤 내막?"

"그게 천사교가 그들의 중원 진입을 막고 있는 거래."

"같은 편인데 왜 막아?"

"그걸 몰라서 물어? 같은 편이라도 생각이 다르면 막는 거지."

"어떻게 다르다는 건데?"

"나도 잘은 모르겠지만, 듣자하니 그들과 천사교는 중원에 대한 생각 자체가 다르다네? 천사교는 어떻게든 중원무림인들을 살피며 안고 가자는 주의인 데 반해 마교총단을 비롯한 여타 세력들은 중원무림을 피로 씻어서 과거의 은원을 해결하자는 주의라고 하더라."

"오, 그러니까, 천사교가 자신들이 속한 마교총단과 척을 지면서까지 중원 무림인들을 지키려는 거네?"

"그렇지!"

"그렇다면 무림맹은 왜 천사교와 그리 악착같이 싸우는 거지? 사실이 그렇다면 적당히 타협하고 손을 잡아도 되잖아?"

"내 말이! 그나마 흑도천상회는 천사교와 손을 잡으려고 노력 중인 것 같은데, 무림맹은 영 아닌가 봐. 대체 왜 그러는지 내가 봐도 답답하다니까 정말!"

"왜 그러긴 왜 그러겠냐? 그 잘난 정도의 뿌리라는 오만인 거지!"

설무백은 실소하며 중얼거렸다.

"저거였군."

공야무륵이 그와 마찬가지로 사내들의 속셈을 간파한 눈빛으로 장내를 둘러보며 쓰게 입맛을 다셨다.

"저게 통할까 했는데, 통하네요."

공야무륵의 말대로였다.

객청의 사람들 모두가 수긍하는 기색으로 은연중에 고개를 끄덕이고 있었다.

뻔히 눈에 보이는 사내들의 선동에 동의하며 동조하는 것이다.

그때 요미가 불쑥 말했다.

"안 통하는 사람도 있는데요?"

이번에는 요미의 말대로였다.

낡고 뜯어진 방립을 눌러쓰고 객청의 구석 자리에 쭈그리고 앉아서 홀짝홀짝 술잔을 기울이고 있던 마의사내 하나가 순간 발작적으로 일어나서 버럭 하는 것으로 사내들의 대화를 잘랐다.

"야, 거기 씹다 버린 만두같이 생긴 애들! 너희들은 그런 되지도 않는 헛소리를 지껄이고 다니면 낯간지럽지도 않냐?"

금란지교金蘭之交

객잔의 객청은 대략 오십여 평의 공간이었고, 얼추 삼십 명 남짓한 사람들이 군데군데 삼삼오오 흩어져서 앉아 있었다.

일시지간, 그 모든 이목이 자리를 박차고 일어난 사내에게 쏠렸다.

객청이 갑자기 조용해졌다.

일체의 소음이 사라지며 싸늘한 침묵만이 감돌았다.

사내들 중 하나가 뒤늦게 반응했다.

"야, 넌 뭐 하는 새끼야? 우리가 누군 줄 알고 감히 까불고 지랄……!"

말이 끝나기도 전에 그의 입에 마의사내의 주먹이 날아가 박혔다.

서너 장의 거리를 아무런 사전 동작도 없이 날아와서 사내의 얼굴에 일격을 가한 것이다.

와장창-!

사내가 저만치 나가떨어졌다.

같이 앉아 있던 네 명의 일행이 뒤늦게 기겁하며 일어나서 칼을 뽑았다.

제법 수련을 거친 자들인 듯 예사롭지 않게 보이는 발검과 발도였다.

그러나 그들 전부 수중의 검과 도를 완전히 뽑아내지 못했다.

그들의 탁자로 내려선 마의사내가 허락하지 않았다.

순간적으로 쳐들린 마의사내의 발이 직선으로 뻗어지고 다시 원을 그리는 각도로 휘둘러지며 사내들의 가슴과 목, 얼굴의 턱을 연속해서 가격했다.

타다닥-!

둔탁한 타격음과 함께 세 명의 사내가 피를 뿜으며 날아가서 저마다 탁자를 부시며 나뒹굴었다.

그리고 나머지 하나는 순간적으로 내밀어진 마의사내의 손에 멱살이 잡혔다.

"헉!"

사내는 미처 절반도 빼지 못한 칼을 잡은 채 그대로 굳어졌다.

마의사내가 그런 그의 멱살을 당겨서 얼굴을 가까이 마주하며 말했다.

"실력이 형편없는 것을 보니, 호교사자가 아니라 호교차사구나. 그렇지?"

사내가 대답은 못하고 두 눈을 부릅떴다.

누가 봐도 마의사내의 말을 인정하는 반응이었다.

사내들은 변복하고 나선 천사교의 호교차사였던 것이다.

마의사내가 그런 사내의 면상을 주먹으로 갈겼다.

퍽—!

둔탁한 타격음이 터지며 사내의 고개가 피를 뿌리며 뒤로 숙여졌다가 일어났다.

마의사내가 아무렇지도 그 모습을 바라보며 다그쳤다.

"네 입으로 불어. 나는 천사교의 호교차사다. 어서!"

사내가 말하지 않았다.

마의사내의 주먹이 재차 사내의 면상을 갈겼다.

이번에는 앞서보다 강해서 피가 튀었다.

"불어!"

사내가 불지 않고 버텼다.

마의사내가 싸늘한 미소를 입가에 머금었다.

그는 빳빳하게 세운 손날을 내보이며 경고했다.

"믿거나 말거나 나는 이걸로 강철도 자를 수 있다. 마지막 기회다. 이번에는 장난이 아니라 목을 쳐서 진짜로 죽일 거다.

자, 불어!"

"……."

사내가 오만가지 감정이 뒤엉킨 눈빛으로 망설였다.

마의사내는 주저하지 않고 손을 쳐들었다.

사내가 다급하게 소리쳤다.

"맞소! 나는 천사교의 호교차사요!"

그러나 늦었다. 아니, 늦은 것처럼 보였다.

이미 휘둘러진 마의사내의 손날이 멈추지 않고 그대로 사내의 목을 쳤던 것이다.

퍽—!

둔탁한 소음과 함께 사내의 머리가 흡사 오이 밭에서 오이를 따는 것처럼 간단하게 몸에서 떨어져서 바닥으로 떨어졌다.

손날로 강철도 자른다는 마의사내의 말은 거짓이 아니었던 것이다.

"에구, 조금 빨리 말하지."

마의사내가 꿀단지를 엎어 버린 아이처럼 변명하며 사내의 몸을 저만치 내던졌다.

뒤늦게 치솟은 핏물이 그제야 바닥을 적셨다.

장내에 얼음구덩이에 빠진 것 같은 한기가 몰아쳤다.

객청 안의 모든 사람들이 눈동자 하나 제대로 움직이지 못한 채 굳어져 있었다.

마의사내가 그러거나 말거나 아랑곳하지 않고 손을 털며 말했다.

"다들 들었지?"

그는 원래 사내들이 머리를 모으고 앉아 있던 탁자에 쪼그리고 앉고는 아무렇지도 않게 객청을 둘러보며 재우쳐 말했다.

"천사교 놈들이다. 선동하는 거야. 지들은 좋은 놈들이라고. 왜? 왜긴 왜야, 포교 활동이지. 설마 이딴 짓거리에 놀아나는 놈은 없겠지?"

마의사내가 워낙 기세등등해서 있어도 없어야 할 판인데, 이채롭게도 딴지를 거는 사람이 있었다.

"누가 놀아나거나 말거나 네가 무슨 상관이라고 그리 놈놈거리고 자빠졌냐?"

"됐고, 어서 이거부터 사과해라. 형님들 밥상을 이렇게 엎어 놨으면 대가를 지불해야지."

"귀찮게 사과는 무슨. 그냥 팔이나 하나 자르고 썩 꺼져라. 원래는 목숨을 받아 내도 시원찮지만, 오늘 이 형님들 기분이 삼삼해서 그 정도로 봐주는 거니까 기쁘게 생각해."

앞서 마의사내의 발길질에 나가떨어진 사내가 덮치는 탁자의 주인들인 세 명의 사내였다.

거만하고 흉악한 소리를 한마디씩 하면서 저마다 보란 듯이 고개를 좌우로 기울이거나 두 손을 마주잡고 으드득 소리를 내는 것으로 위협하는 그들은 하나같이 백의를 걸쳤는데, 이채롭게도 그들의 백의에는 티끌 하나 묻어 있지 않았다.

느닷없이 떨어진 사내로 인해 탁자가 뒤집어지며 술과 음식이 사방으로 튀었으나, 그들은 능히 그걸 회피할 정도의 실력을 갖춘 고수인 것이다.

마의사내가 그들을 쳐다보며 미간을 찌푸렸다.

두려움이나 걱정 따위가 아니라 매우 이채롭다는 표정이었다.

이내 그 이유가 그의 입에서 흘러나온 말로 인해 밝혀졌다.

"이제 보니 산적 나부랭이였군. 니들이 왜 여기에 있는 거지? 쌀 떨어져서 마실을 핑계로 구걸 나왔냐?"

백의사내들의 안색이 삭막하게 굳어졌다.

앞서는 그저 꾸중하는 식으로 화를 냈던 것이라면 지금은 살심을 품은 기색이었다.

아니나 다를까, 곧바로 칼을 뽑아 든 백의사내들 중 얼굴이 이런저런 흉터로 가득한 사내 하나가 뚜벅뚜벅 걸어서 앞으로 나서며 무심해서 더욱 싸늘하게 느껴지는 목소리로 말했다.

"그러는 너는 아무리 봐도 수적 나부랭이 같은데, 과연 누가 수적 나부랭이 아니랄까 봐서 입이 방정이구나. 너 그래서 지금 죽는 거니까, 괜히 저승에 가서도 남 탓 하지 마라."

마의사내가 히죽 웃고는 탁자에서 내려와서 태연하게 두 팔을 펼치며 백의사내의 태도를 환영했다.

"되다만 눈을 가졌구나, 너? 수적 나부랭이도 수적 나부랭이 나름이라는 것을 알아보지 못하니 말이야. 너야말로 그래서 죽는 거니까 저승에 가서 남 탓하지 마라. 내게 그따위 언사를 하고도 살아남은 놈은 없으니까."

살기가 비등했다.

선뜻 나섰던 백의사내의 안색이 무겁게 변했다.

아무렇지도 않게 마주나서는 마의사내의 기세에 압도당한 눈치였다.

반면에 마의사내는 어디까지나 태연자약이었다.

다만 그러면서도 선뜻 먼저 나서지 않는 것은 아마도 백의사내의 무위가 예사롭지 않다는 것을 인지하고 있기 때문일 것이다.

설무백은 그 순간에 나서서 그들 사이로 끼어들었다.

"그만하지. 다들 서로 아는 처지에 피까지 봐야 할 필요는 없잖아."

백의사내가 매우 당황했다.

감히 그들 사이에 끼어들 자가 장내에 있을 거라고는 생각하지 않고 있다가 설무백이 불쑥 엄청난 존재감을 드러내며 나서자 크게 놀란 것이다.

그에 반해 마의사내는 멋쩍게 입맛을 다시며 투덜거렸다.

"어째 나설 것 같더라."

친근함이 느껴지는 투덜거림이었다.

백의사내와 달리 마의사내는 설무백이 자신을 알아본 것처럼 이미 설무백을 알아보고 있었던 것이다.

설무백은 픽 웃으며 마의사내를 외면하며 놀라고 당황한 가운데 경계의 눈초리를 던지고 있는 백의사내를 향해 눈총을 주었다.

"머리색 하나 변했다고 나를 몰라보나 그래?"

백의사내가 이건 또 무슨 아닌 밤중에 홍두깨 같은 소리냐는 표정으로 인상을 찌푸리며 설무백을 주시했다.

그래도 알아보지 못했다.

설무백은 쓰게 입맛을 다셨다.

"하긴, 멀리서 봤을 뿐, 정식으로 인사를 나눈 것은 아니니 못 알아볼 수도 있겠네."

백의사내가 그 순간에 설무백을 알아보고는 두 눈을 크게 뜨며 말을 더듬었다.

"사, 사신 설무백, 서, 설 대협이시군요!"

"어라? 기억났나 보네?"

설무백은 새삼 픽 웃고는 두 사람, 백의사내와 마의사내를 서로에게 소개해 주었다.

"싸우지들 말고 서로 인사해. 이쪽은 내가 산에서 사귄 늙은 친구가 제일 아끼는 수족인 구중선이고, 이쪽은 내가 강에서 사귄 친구인 하백."

그랬다.

백의사내는 녹림십팔채로 대변되는 녹림맹의 총표파자 산신군의 오른팔인 추혼십절 구중선이고, 마의사내는 장강의 주인이라는 장강십팔타의 총타주 하백이었다.

설무백은 애초에 자신의 뒤를 따라서 객점으로 들어온 그들의 존재를 익히 파악하고 있었다.

가뜩이나 조용하던 장내가 더욱 고요해졌다.

다들 얼굴은 몰라도 구중선이 누군지, 하백이 누군지는 익히 들어 본 까닭이리라.

와중에 구중선은 당황하고, 하백은 거듭 이채로운 눈빛을 드러냈다.

구중선은 설마하니 상대가 장강의 주인인 하백일 줄은 몰랐고, 하백은 설마하니 상대가 녹림맹의 주력 세대의 선두를 구성하는 추혼십절 구중선일 줄은 미처 예상하지 못했던 것이다.

"구중선이오."

"하백이다."

구중선과 하백의 짧은 통성명이 있었다.

그 뒤로 구중선이 함께 있는 두 명의 동료를 소개했다.

"본산의 소두목인 방백(方伯)과 류광(柳光)이오."

이십 대 후반의 두 사내, 방백과 류광이 자세를 바로하며 공수했다.

하백에게만이 아니라 설무백에게도 건네는 인사였다.

"방백입니다!"

"류광입니다!"

하백도 그랬지만, 설무백도 이채로운 눈빛을 드러냈다.

녹림맹의 미래를 이끌 주역 중 하나로 꼽히는 인재인 구중선과 비교할 바는 아니지만, 나머지 두 사내도 제법 쟁쟁한 인물이었기 때문이다.

녹림총단의 소두목들인 벽력화(霹靂化) 방백과 무정귀(無情鬼) 류광의 명성은 녹림맹을 벗어난 지 오래였다.

설무백은 그래서 더욱 의문스러웠다.

"하백이야 어쨌든 나를 보고 따라 들어왔을 테고, 당신들은 뭐야? 여긴 왜 들어온 거야?"

구중선이 더 없이 공손한 태도로 대답했다.

"저희는 하백 총타주 때문입니다. 산왕 어른의 심부름으로 사천의 모처를 가는 중이었는데, 범상치 않아 보이는 사내가 수상쩍게 행동하며 여기로 들어가기에 혹시나 하고 따라 들어왔습니다."

"내 행동이 수상쩍었다고?"

"본인이 보기에는 그랬소."

설무백은 구중선의 말에 동조했다.

"내 눈에도 그렇게 보였어. 그래서 첫눈에 알아본 거야. 새파랗게 젊어 보이는 사내가 어딘지 모르게 노회한 눈빛을 드러내며 예사롭지 않은 기도를 풀풀 풍기고 다니고 있으니, 수상쩍지 않을 수가 없지."

"저도 그렇게 보았습니다."

"내가 정말 그랬다고?"

"그랬소."

하백은 잠시 오만상을 찡그린 눈빛으로 설무백의 말에 동의하는 구중선을 노려보다가 불쑥 따지고 들었다.

"그건 그렇다고 치고, 아무리 한 치 건너 두 치라는 말이 있긴 하지만, 너무 섭섭하군. 산왕이 저 친구의 벗이면 내게도 벗이 되는 꼴인데, 넌 왜 쟤한테는 꼬박꼬박 극존칭을 쓰면서 내게는 그리 또박또박 평대를 하는 거냐?"

구중선이 사뭇 냉정한 눈빛으로 하백을 쳐다보며 딱 부러지게 대꾸했다.

"산왕 어른의 벗은 산왕 어른께서 직접 정하는 것이지, 본인이 정하는 것이 아니라 그렇소."

하백이 안색이 변해서 매서운 눈초리로 구중선을 노려보다가 이내 피식 웃으며 표정을 풀었다.

"마음에 드네, 이 친구."

설무백은 웃는 낮으로 그들, 두 사람의 어깨를 잡으며 돌아섰다.

"자, 자, 일단 앉자. 아무래도 할 얘기가 조금 더 있을 것 같네."

"앉는 건 앉는 거고……."

하백이 순순히 설무백의 말을 따라서 자리를 옮기는 와중에 장내를 둘러보며 경고했다.

"우리가 얘기를 끝내고 나가기 전에는 누구도 자리에서 일어나지 마라. 뭐 일어나면 어떻게 되는지 궁금하면 일어나 보던지?"

말을 해 주지 않아도 자리에서 일어나면 어떻게 되는지 다들 아는 모양이었다.

다들 누가 먼저랄 것도 없이 동시에 그를 외면하고 자신들의 탁자만을 응시한 채 술을 마시고 밥을 먹기 시작했다.

하백이 그제야 만족한 표정으로 자리에 앉으며 말했다.

"자, 앉자. 술 한 잔 어때?"

　　　　　　　　　　☙

하백이 객청에 있는 사람들을 밖으로 나가지 못하게 막은 것은 잘한 일이었다.

그러지 않는다면 여지없이 그들에 대한 소문이 퍼져 나가서 대번에 천사교의 무리가 몰려올 터였다.

그것은 천하를 주름잡는 그들에게도 실로 이만저만 귀찮은 일이 아닐 수 없는 것이다.

설무백은 그것을 익히 잘 알기에 다른 내색 없이 술과 요리를 추가하며 곧바로 대화를 주도했다.

"그래, 너는 무슨 일로 여기서 어슬렁거리다가 나와 마주친 거야?"

"무슨 일로 어슬렁거리긴 너 만나려고 어슬렁거렸지."

"날 왜?"

"몰라서 물어?"

"모르니까 묻지?"

"지랄, 너 한 달이 넘도록 깜깜무소식이었잖아!"

"아, 그거……!"

"아, 그거?"

하백이 뒤늦게 인지하며 멋쩍은 표정을 짓는 설무백을 자못 사나워진 눈빛으로 면박을 주었다.

"너 친구라며 너무 무심한 거 아니냐?"

설무백은 어색한 미소를 흘렸다.

"그게 어쩌다보니 그럴 만한 사정이 있었어."

하백이 곱지 않은 눈초리로 노려보며 으르렁거리듯 쏘아붙였다.

"수시로 서로의 동향을 공유하기로 한 것이 우리 약속이었어. 그런데 느닷없이 나타나서 백 노인을 도와주고 나서 갑자기 한 달이 넘도록 사라져 버리면 어쩌자는 거야? 내가 화 나, 안 나?"

"나겠네."

"그러니까, 까불지 말고 어서 토해 봐. 대체 무슨 일이 있었던 거야?"

"그게 사실은……."

설무백은 더 없이 강경한 하백의 태도에 어쩔 수 없이 물러나서 그간의 사정을 알려 주었다.

하백이 애써 표정을 관리하며 모든 얘기를 다 듣고 나서 은근슬쩍 새삼스럽게 설무백을 살펴보았다.

설무백은 예민하게 그 이유를 간파하며 먼저 말했다.

"멀쩡해. 아무 문제없어."

"난 또 무슨 큰일이라도 났다고!"

하백이 혀를 차고는 툴툴 거리며 자리를 털고 일어났다.

"알았다. 별일 아닌 것 알았으니까, 난 이만 간다."

설무백은 슬쩍 탁자를 두드리며 하백의 발길을 잡았다.

"그래 네 말마따나 별일 아니니까 그냥 앉지?"

"……."

하백이 앉지 않고 선 채로 설무백의 시선을 마주했다.

설무백은 그저 묵묵히 재차 손으로 탁자를 두드리는 것으로 앉으라는 시늉을 했다.

하백이 물끄러미 바라보며 물었다.

"왜 그래?"

"내가 네 속을 몰라서?"

설무백의 의미심장한 말에 하백이 펄쩍 뛰었다.

"무슨 소리야? 나 정말 그냥 가려는 거야?"

"누가 뭐래?"

설무백은 대수롭지 않게 웃는 낯으로 고개를 끄덕이며 재우쳐 탁자를 두드렸다.

"알았으니까, 어서 앉아."

"쳇!"

하백이 어쩔 수 없다는 듯 혀를 차며 자리에 앉았다.

그러고는 이제야말로 다 틀렸다고 생각했는지 속내를 드러내며 한마디 했다.

"좋아, 그래. 내가 먼저 시비를 걸지는 않겠어. 하지만 이 시간부로 쾌활림은 물론이고, 흑도천상회의 일원이거나 지원하는 방파들의 이름은 우리 장강에서 적색이다. 그건 막지 마라."

그랬다.

하백이 서둘러 자리를 떠나려고 했던 것은 어떤 식으로든 설무백을 건드린 쾌활림에게 보복을 가하기 위해서였다.

설무백은 하백의 성정을 익히 잘 알기에 대번에 그것을 간파하며 발길을 막았던 것이다.

"그것까지 막을 수야 있나."

설무백은 실로 그것까지는 막을 수 없었다.

이 또한 그가 하백의 성정을 익히 잘 알고 있기 때문이다.

그것까지 막는다면 하백은 울컥하는 마음에 무슨 수를 쓰더라도 기를 쓰고 그보다 더한 일을 벌일 사람이었다.

"쳇! 술이나 한 잔 따라 봐."

하백이 아쉬움을 달래려는 듯 술잔을 내밀었다.

설무백은 가만히 웃는 낯으로 손을 뻗어서 술병을 잡아 가져

갔다.

시종일관 묵묵히 그들, 두 사람의 대화를 듣고 있다가 뒤늦게 사정을 깨닫고 고개를 끄덕이던 구중선이 재빨리 나서서 설무백이 잡으려던 술병을 가로챘다.

설무백과 하백은 물론, 좌중의 시선이 일시에 쏠리자, 그가 어색하게 웃는 낯으로 수중의 술병을 들어 보이며 말했다.

"실로 두 분의 끈끈한 우정에 감탄했습니다. 해서, 제가 두 분께 술 한 잔 따라 드리고 싶으니, 허락해 주십시오."

하백이 싫지 않은 기색으로 술잔을 내밀었다.

"이미 술병을 가져가 놓고선 허락은 무슨……. 어서 따르기나 해."

설무백도 가볍게 웃는 것으로 허락하며 술잔을 들었다.

구중선이 기꺼운 표정으로 술병을 기울여서 그들, 두 사람의 술잔에 술을 채웠고, 그들은 기꺼이 술잔의 술을 마셨다.

그다음의 대화는 구중선으로 이어졌다.

"사천에는 무슨 볼일로 다녀온 거지?"

술잔을 비우고 내려놓으며 건넨 설무백의 질문이었다.

"그게……!"

구중선이 선뜻 대답하지 못하며 난감한 표정을 지었다.

"곤란하면 대답하지 않아도 돼."

설무백은 굳이 대답을 강요하기 싫었다.

그 역시 녹림맹의 행사와 별개로 은밀하게 처리하는 일이

적지 않았다.

자신도 모든 것을 드러내지 않으면서 상대에겐 모든 것을 드러내라고 하는 것은 그가 가진 관념에 맞지 않았다.

그러나 하백은 달랐다.

그는 그런 것을 따지기에 앞서 설무백보다 몇 배는 더 직설적인 사람이었다.

"물론 대답하지 않아도 되지. 다만 그게 구중선 자네와 혹은 더 나아가서 녹림맹과 우리의 선이 된다는 것만 알아둬."

구중선이 너털웃음을 터트렸다.

"말하지 않으면 죽이겠다는 소리보다 더 무섭습니다. 하하하……!"

이내 웃음을 그친 그가 사정을 말했다.

"실은 얼마 전 산동 모처에서 우리 식구들과 황하수로연맹 식구들 간에 약간의 충돌이 있었습니다. 해서, 그걸 해결하고자 사천당가에게 중재를 요청하러 가는 길이었습니다. 아시는지 모르겠지만 육지용왕 이차도의 사후에 임시 맹주로 추대되었던 수조일옹 가소유가 서너 달 전에 정식 맹주가 되었는데, 그가 전부터 사천당문과 아주 긴밀한 관계거든요."

아는 사람은 다 알고 있는 얘기지만, 사천당문과 황하수로연맹의 관계가 긴밀한 것은 어제 오늘 얘기가 아니라 거의 전통이었다.

사천당문은 대대로 외부에서 들어오는 물류의 대부분을 독

자적으로 운영하는 표국이 주관하지만, 그 통로의 일정 부분은 인근 마을인 당가타에 닿은 황하의 물길을 이용하기 때문이다.

뿐만 아니라, 사천당문은 대대로 녹림맹과도 인연을 맺고 있었다.

이는 사천당문이 필요한 것들 중에 심산유곡에 근원하는 것들이 적지 않고, 그런 곳은 거의 다 어김없이 녹림맹의 영역인 까닭이었다.

결국 사천당문은 황하수로연맹과도 연줄이 있고, 녹림맹과도 연줄이 있으니, 중재자로서 딱인 것이다.

설무백은 그와 같은 사정을 익히 잘 알고 있지만, 한편으로 이해하기 어려운 부분이 떠올라서 고개를 갸웃거렸다.

"이 먼 길을 마다하지 않고 중재자를 찾아 나서다니, 아무래도 약간의 충돌이 아닌가 본데?"

구중선이 겸연쩍은 표정으로 뒷머리를 긁으며 인정했다.

"아, 예, 뭐 그렇지요."

설무백은 대수롭지 않게 말했다.

"무슨 일인지 상세하게 말해 봐. 어쩌면 내가 해결해 줄 수도 있을 것 같으니까."

"……?"

구중선이 반신반의하는 표정이긴 했으나, 더는 숨기지 않고 있는 그대로 가감 없이 사정을 말해 주었다.

설명은 복잡했으나, 정리하면 간단한 내용이었다.

산동 남부에 자리한 미산(微山)의 기슭에서 터를 닦고 사는 백(白) 씨라는 약초꾼이 있는데, 녹림맹의 소두목 하나가 우연찮게 그 약초꾼 백 씨가 과거 백도십걸(白道十傑)의 하나인 신풍백환(新風百環) 백문호(白文虎)의 후예이며, 석년의 백문호가 가졌던 모든 것이 안장된 무덤을 지키고 있다는 사실을 알게 되었다.

녹림맹은 즉시 인원을 파견해서 약초꾼 백 가를 포섭하고 그가 관리하고 있다는 백문호의 무덤을 선점하려고 했다.

그런데 문제가 생겼다.

약초꾼 백 가의 모옥을 찾아갔던 녹림맹의 고수들이 그들과 마찬가지로 약초꾼 백 가에 대한 전모를 알고 나타난 황하수로연맹의 고수들과 마주친 것이다.

굳이 부연하자면 과거 신풍백환 백문호는 흑도십웅과 마찬가지로 천하십대고수의 자리를 넘보는 백도십걸의 한 사람이었다.

그리고 실제로 백문호의 독문절기인 단월천수비환(斷月天手飛環)은 사천당문의 전설적인 암기술인 만천화우(滿天花雨)와 비견된다고 알려진 절대의 암기술로 알려져 있었다.

천하의 누가 그런 절기를 차지할 수 있는 절호의 기회를 포기할 수 있을 것인가.

당연하게도 백 씨의 모옥에서 마주친 그들, 녹림맹의 고수들과 황하수로연맹의 고수들은 포기하지 않았다.

싸움이 벌어졌고, 양측 다 많이 다쳤다.

그러나 그 와중에 그보다 더 큰 문제가 벌어졌다.

그들의 싸우는 사이에 약초꾼 백 가가 감쪽같이 사라져 버린 것이다.

"사실을 말하자면 그게 가장 큰 문제인 거죠. 저쪽도 이쪽도 서로가 서로를 안 믿고 있습니다. 저쪽은 이쪽이, 이쪽은 저쪽이 백 가를 빼돌렸다고 생각하고 있는 거죠. 그게 바로 산왕께서 당문의 중재가 필요하다고 결정한 이유입니다."

설무백은 짐짓 삐딱하게 구중선을 바라보며 확인했다.

"확실히 녹림맹은 빼돌리지 않은 거지?"

구중선이 가슴을 치며 단호하게 대답했다.

"저와 제 부모님의 이름을 걸고 맹세합니다! 제가 아는 한 절대 그런 일은 없었습니다!"

"좋아."

설무백은 아무렇지도 않게 잘라 말했다.

"내가 해결해 주지."

구중선이 잠시 이러지도 저러지도 못하는 표정으로 바라보며 뜸을 들이다가 조심스럽게 물었다.

"저기, 어떻게 해결을……?"

설무백은 태연하게 말했다.

"황화수로연맹으로 사람을 보내서 강상교 반효를 만나 봐.

천하천의
주인

내가 보냈다고 사정을 말하면 알아서 잘 처리해 줄 거야."

"……!"

구중선의 두 눈이 휘둥그레졌다.

"황하수로연맹의 부맹주와 친분이 있으신 겁니까?"

설무백은 이건 또 처음 듣는 얘기였다.

"황하수로연맹의 총단으로 갔다는 얘기는 들었는데, 벌써 부맹주의 자리를 꿰찬 모양이군."

구중선이 여전히 놀란 표정으로 말을 받았다.

"저도 이번에 안 사실이긴 합니다만, 벌써 보름 전의 일입니다. 사실 부맹주의 자리가 아니라도 맹주인 수조일옹의 결정을 좌지우지하는 최측근이었는데, 이번에 그리 결정된 모양입니다. 그쪽 애들은 벌써 오래전부터 차기 맹주로 꼽는 실세고요. 근데, 설 대협께서 그런 인물과도 친분이 있으실 줄은 정말 몰랐습니다."

"뭐야, 지금?"

하백이 불쑥 끼어들어서 구중선을 노려보았다.

"이거 어째 나 하백이 고작 강상교 따위보다 못하다는 말처럼 들리는데, 정말 그런 거야?"

구중선이 펄쩍 뛰며 부정했다.

"무슨 그런 말씀을……! 저는 다만 몰랐다 이거지요. 제가 어찌 감히 일개 부맹주인 강상교 따위를 장강의 주인과 비교하겠습니까. 저는 그런 몰상식한 사람이 절대 아닙니다."

"그런가?"

하백이 투덜거리듯 한마디 더 하며 마지못한 표정으로 물러났다.

"사회생활 잘하네."

설무백은 아랑곳하지 않고 구중현에게 시선을 주며 물었다.

"그럼 해결된 거지?"

"여부가 있겠습니까!"

구중선이 기꺼운 표정으로 대답하며 일어나서 공수했다.

하지만 감사를 표하려는 그의 다음 말은 할 수가 없었다.

난데없는 방해자가 있었기 때문이다.

저편의 식탁에 앉아 있던 사내 하나가 발작적으로 벌떡 일어났다.

그리고 그들을 향해 바람처럼 달려오다가 갑자기 중도에 멈추더니, 한 손으로 엉덩이를 잡고 다른 한손으로 사타구니를 잡은 채로 두 다리를 비비 꼬며 흐느꼈다.

"대, 대협, 뒤, 뒷간 좀……! 어흑!"

하백이 소리쳤다.

"여기서 싸면 죽인다!"

그러나 사내는 참지 못했다.

"어흑!"

우연찮게 이루어진 설무백과 그들의 자리가 그렇게 파했다.

하백은 말처럼 사내를 죽이지는 않았으나, 구릿한 냄새로 인해 그 자리는 더 이상 대화를 나눌 만한 장소가 아니게 되었다.

"근데, 왜 쾌활림이 아니라 흑선궁으로 가는 거야?"

"복수보다는 아군을 구하는 게 먼저니까. 복수는 기회를 놓쳐도 언제든지 다시 할 수 있지만, 아군을 구하는 건 기회를 놓치면 그대로 끝인 경우가 대부분이거든."

"그녀가 배반자일 수도 있다는 생각은 전혀 하지 않네?"

"응. 안 해!"

설무백은 헤어지는 자리에서 묻는 하백의 질문에 주저하지 않게 그렇게 대답했지만, 그건 어디까지나 그녀, 비접 부약운에 한정된 것이지 흑선궁까지 포함된 얘기는 아니었다.

그가 아군으로 인정하고 믿는 것은 부약운일 뿐, 그녀가 속한 흑선궁은 아닌 것이다.

그런 그의 냉철한 주관은 땅거미가 지는 저녁 무렵에 도착한 흑선궁의 대문을 마주한 순간부터 여지없이 드러났다.

"나는 부약운의 오랜 친구인 설 아무개라고 한다. 부약운이 귀가했다고 해서 찾아왔는데, 안채에 기별을 좀 넣어 주겠나?"

흑선궁은 장사부의 서문을 나서면 바로 마주치는 동산인 학산(鶴山)을 아우르며 초입에 자리한 고풍스러운 장원이었다.

세 길이 넘도록 높은 담 너머로 너울진 고루전각의 기와지붕이 가히 궁(宮)이라는 이름에 어울릴 정도의 군락을 이루는 거대한 장원이었는데, 의외로 대문을 지키는 자는 문가의 좌우로 하나씩, 두 명의 사내에 불과했다.

워낙 위세를 떨치는 거대흑도라서 굳이 대문을 지키는 데 인원을 쓸 필요가 없다고 생각하는지 모른다.

다만 그 두 명의 문지기가 보통은 넘는 무사들인 것만큼은 틀림없었다.

반박귀진의 경지를 넘어선 설무백은 그렇다 쳐도, 그의 곁을 따르는, 아니, 정확히는 그의 곁을 따르는 사람들 중에 유일하게 눈에 보이는 공야무륵의 범상치 않은 기세를 알아보지 못했을 리 없는데도 그들은 눈 하나 깜짝하지 않았다.

그저 서로 눈치를 보다가 어쩔 수 없다는 듯 나선 우측의 사내가 노골적으로 같잖다는 표정을 드러내며 말꼬리를 잡았을 뿐이었다.

"뭐? 친구?"

설무백은 무심하게 반문했다.

"못 믿겠나?"

사내가 코웃음을 치며 되물었다.

"야, 너 혹시 지금 너처럼 뭔가 있어 보이는 태도로 우리 아가씨를 찾아오는 애들이 한 달이면 몇이나 되는 줄 아냐?"

설무백은 대답 대신 손을 내밀었다.

아무런 기운도, 기척도 느껴지지 않고 지극히 평범해 보이는 그 손짓과 동시에 같잖다는 표정으로 쳐다보던 사내의 이마에서 메마른 타격음이 작렬했다.

빡-!

사내가 그대로 굳어졌다.

그제야 그의 뒤통수로 핏줄기가 길게 뻗어지고, 그의 이마에서는 붉은 점이 드러나며 핏물이 흘러내렸다.

극성에 달한 설무백의 무극신화지가 그의 이마를 관통한 것이다.

풀썩-!

사내가 통나무처럼 옆으로 꼿꼿이 뒤로 넘어갔다.

"이놈! 감히 여기가 어디라고⋯⋯!"

대문의 측면에 서 있던 사내가 뒤늦게 사태를 파악한 듯 칼을 뽑아 들며 설무백을 향해 달려들었다.

설무백은 무심하게 손을 들어서 쇄도하는 사내를 가리켰다.

사내가 그제야 자신의 동료가 어떻게 죽었는지 떠오르는 듯 움찔했으나, 그게 다였다.

그는 전력을 다해서 쇄도하는 자신의 속도를 일시에 멈출 수 있을 정도의 고수가 아니었다.

빡-!

다시금 메마른 타격음이 터졌다.

쇄도하던 사내는 여지없이 이마에 구멍이 뚫려서 그대로 멈추며 썩은 고목나무처럼 쓰러졌다.

설무백은 아무렇지도 않게 그런 사내의 곁을 스쳐 지나서 대문을 열고 안으로 들어갔다.

그리고 바로 멈추었다.

과연 쾌활림과 더불어 강호무림의 양대흑도라는 흑선궁의 명성은 가짜가 아니었다.

분명 방금 전까지는 아무도 없던 대문의 안쪽에 어느새 세 명의 사내가 나타나 있었다.

설무백이 대문을 열고 안으로 들어가는 사이에 대문 밖에서 일어난 소란을 감지하고 나타난 사내들이었다.

그들, 세 사내 중 하나가 앞으로 나섰다.

지휘자급으로 보이는 그는 염소수염을 기른 중년의 사내였는데, 뒤따르는 두 사내와 달리 놀라거나 당황하지 않고 지긋한 눈빛으로 설무백과 공야무륵을 훑어보고 나서 대문 밖에 널브러진 두 사내를 가리켰다.

"귀하가 그랬소?"

설무백은 무심하게 고개를 끄덕이며 인정했다.

"그렇소."

염소수염의 중년인이 순순히 인정하는 그를 보고 묘하다는 표정을 지으며 물었다.

"이유는?"

설무백은 있는 그대로 솔직하게 말해 주었다.

"부약운의 친구라고 밝혔고, 안에 기별을 넣어 달라고 정중히 부탁했는데, 믿지 않고 무시하더니 칼을 뽑아 들고 나서더군."

염소수염의 중년인이 잠시 예사롭지 않는 눈빛으로 유심히 그를 바라보다가 고개를 끄덕였다.

"대문을 지키면서 사람 보는 눈이 없으면 죽어도 싸긴 하오."

그리고 토를 달았다.

"하지만 그건 우리가 징계해야 할 일이지 외부인의 손을 빌려야 할 일이 아니오. 이런 경우 우리는 수치스럽게 생각해서 그에 준하는 대가를 요구할 수밖에 없소."

설무백은 충분히 이해하고 납득한다는 듯이 고개를 끄덕이며 물었다.

"어떤 대가를 바라나?"

염소수염의 중년인이 새삼 가늘게 좁힌 눈가로 설무백을 바라보다가 짧은 한숨을 내쉬었다.

"당신 참 사람 어렵게 만드는 재주가 있구려. 좋소. 일단 확인부터 해 보도록 합시다. 대가는 그 이후에 계산하겠소. 따라오시오."

서둘러 돌아선 염소수염의 중년인이 같이 있던 두 사내에게 턱짓을 하며 지시했다.

"너는 먼저 가서 안채에 기별을 넣고, 너는 저것들을 어서 치워!"

두 사내가 재빨리 뒤로 빠져서 하나는 안채를 향해 내달리고, 다른 하나는 대문 밖으로 나갔다.

염소수염의 중년인은 어서 따라오라는 듯 슬쩍 설무백 등을 돌아보고는 그대로 발길을 서둘러서 대문 안쪽에 펼쳐진 드넓은 연무장을 가로질렀고, 이내 연무장의 전면을 가로막은 대전을 돌아서 전각군의 숲으로 들어섰다.

한동안 전각과 전각 사이의 길로 이리저리 가다 보니 반원형의 호수 같은 넓은 연못이 나왔고, 그 연못을 돌아가는 와중에 대여섯 명의 새로운 무사들이 나타났다.

그중 지휘자급으로 보이는 중늙은이 하나가 설무백 등을 안내하던 염소수염 중년인의 앞을 막아서며 물었다.

"무슨 일이냐?"

"예, 다름이 아니라……."

염소수염의 중년인이 정중하게 고개를 숙이고 공수하며 간략하게 사정을 설명하고 옆으로 비켜 나서 중늙은이가 설무백을 보도록 했다.

중늙은이가 예리해진 눈빛으로 잠시 설무백을 살펴보았다.

설무백은 어디까지나 무심한 태도로 중늙은이의 시선을 마주했다.

중늙은이가 비틀린 미소를 지었다.

"정말 대담한 녀석이군."

공야무륵이 삭막한 미소로 마주 대응하며 허리의 도끼 자루를 잡고 앞으로 나섰다.

"죽일까요?"

중늙은이의 얼굴이 볼썽사납게 일그러졌다.

장내의 분위기가 대번에 싸늘하게 식으며 살기가 비등했다.

설무백은 슬쩍 손을 내미는 것으로 공야무륵을 막으며 말했다.

"말을 곱게 하라는 소리야. 녀석이라니? 설마 강호의 서열이 나이로 정해진다고 생각하는 건 아니지?"

중늙은이가 새파래진 눈빛으로 설무백을 노려보면서도 선뜻 나서지는 않고 있었다.

설무백은 의미심장한 미소를 흘리며 충고를 더했다.

"본능을 믿어. 당장에 칼을 뽑아서 목을 치고 싶은데, 어째 손은 나가지 않는 그 본능을 말이야."

중늙은이가 실소하며 물었다.

"너 지금 내가 누군지 알고 그런 객기를 부리는 거냐?"

설무백은 태연하게 대꾸했다.

"자존감이 세네? 그 정도는 아닌데?"

중늙은이의 안색이 굳어졌다.

"뭐가 그 정도는 아니라는 거지?"

설무백은 노골적으로 귀찮다는 표정을 드러내며 대꾸했다.

"뭐긴 뭐야, 당신 말이야. 아무리 봐도 누군지 알아야 될 정도로 대단한 사람은 아니라고. 그래서 내가 모른다고 당신이 누군지."

"이런 발칙한……!"

중늙은이가 더는 참지 못하고 칼을 뽑았다.

그런데 더는 참지 못한 사람이 그 말고도 한 사람 더 있었다.

공야무륵이 그랬다.

쌔액—!

중늙은이가 칼을 뽑는 순간과 동시에 공야무륵의 신형이 앞으로 튀어나갔다.

그리고 허리의 도끼를 꺼내서 높이 쳐듦과 동시에 크게 휘둘러서 중늙은이의 목을 쳤다.

중늙은이는 뻔히 보면서도 막지 못했다.

공야무륵의 속도는 느린 듯 보이나 결코 느리지 않았던 것이다.

칵—!

뼈가 잘리는 섬뜩한 소음과 함께 중늙은이의 머리가 바닥으로 떨어져서 굴렀다.

뒤늦게 핏물이 터지며, 머리를 잃은 중늙은이의 몸이 바닥으로 엎어졌다.

일시지간 시간이 정지했다.

장내의 그 누구도 움직이지 않아서 그렇게 느껴졌다.

공야무륵이 그 속에서 혼자 움직여서 도끼의 서슬에 묻는 피를 털어 내고 주섬주섬 허리에 갈무리했다.

"……!"

중늙은이와 함께 있던 사내들이 뒤늦게 정신을 차리며 저마다 허겁지겁 칼을 뽑아 들었다.

설무백은 눈살을 찌푸렸다.

공야무륵이 허리에 갈무리하던 도끼를 다시 꺼내 들었다.

누런 이를 드러내고 웃으며 혀를 내밀어서 입술을 핥는 그의 모습이 실로 굶주린 야수처럼 섬뜩하게 보였다.

염소수염의 사내가 다급하게 제지했다.

"멈춰! 다들 물러나라!"

칼을 뽑아 든 사내들 중 하나인 청의중년인의 사내가 빠드득 이를 갈며 으르렁거렸다.

"천록(千鹿), 지금 저자가 양곡(梁鵠) 당주님의 목을 치는 것을 보고도 그따위 소리를 하느냐!"

염소수염 중년인의 이름은 천록이고, 방금 전 공야무륵의 손에 죽은 자는 양곡이라는 이름의 당주이며, 지금 나선 청의 중년인은 방유과 같은 지위인 것이다.

다만 같은 지위라도 천록과 청의중년인은 생각하는 것도, 느끼는 것도 전혀 달랐다.

"그래, 그걸 봐서 하는 소리다. 하면, 양곡 당주님도 대적하지 못하는 고수를 황유(黃裕) 네가 상대할 수 있다는 거냐?"

"……!"

청의중년인, 황유가 말문이 막힌 표정으로 입술을 꾹 깨물었다.

천록이 한마디 더 쏘아붙였다.

"하물며 이 사람이 진짜로 아가씨의 손님이면 어쩔 것이냐? 황유 네가 책임질래?"

황유가 그제야 어쩔 수 없다는 듯 칼을 내렸다.

그가 칼을 내리자 같이 있던 네 명의 사내도 서로 눈치를 보며 슬며시 칼을 거두며 물러났다.

천록이 신경질적으로 그들을 밀치고 나서며 설무백을 향해 말했다.

"갑시다. 지금도 충분히 당신이나 나나 목숨을 걸어야 할 판이니, 이제 더는 함부로 나서지 말아 주길 바라오."

설무백은 가볍게 어깨를 으쓱이는 것으로 대답을 대신하며 느긋하게 천록의 뒤를 따라갔다.

천록은 그런 설무백 등을 꼬리에 매달고 발걸음을 서둘러서 정원과 건물들을 구획하는 몇 개의 담장과 거기 뚫린 문을 지나서 커다란 전각 앞에 조성된 넓은 정원에 도착했다.

어느새 어둠이 깔리기 시작한 그곳에는 횃불과 등불이 사방을 환하게 밝히고 있었다.

그 불빛 아래 열 명이 넘는 여러 사람이 운집해 있었는데, 아쉽게도 그중에 부약운은 없었다.

설무백은 못내 짜증을 부리려다가 그만두었다.

마침 불빛 아래 서 있는 사람들 중에서 아는 얼굴들을 발견했기 때문이다.

흑선궁의 이인자인 부궁주이기 이전에 궁주인 사왕 부금도

의 사촌동생인 삼안일도(三眼一刀) 부적산(部赤山)과 몇몇 낯익은
흑선궁의 요인들이 바로 그들이었다.

'요것 봐라?'

설무벽은 절로 의혹과 흥미가 치솟았다.

무적사신無敵死神 (1)

실로 의문스럽고 또한 흥미로운 상황이었다.

그도 그럴 것이 설무백이 양대흑도 중 하나인 흑선궁을 별 반 거리낌 없이 방문한 이유는 기본적으로 자신의 무위에 대 한 자신감이 주도한 일이지만, 거기에 더해서 그들의 전력 대 부분이 흑도천상회로 빠져나갔음을 알고 있었기 때문이다.

그런데 묘하게도 흑선궁의 이인자로 알려진 삼안일도 부적 산을 위시해서 혈귀대와 더불어 흑선궁의 양대 무력으로 알려 진 귀면대(鬼面隊)의 대주 귀안노귀(鬼眼老鬼) 공손승(公孫勝)을 비 롯한 상당수의 요인들이 남아 있었다.

그뿐 아니었다.

흑선궁의 영내로 들어와서 전각군의 숲으로 접어드는 순간부터 암중에서 그를 주시하는 시선이 있었고, 매미의 더듬이처럼 민감한 그의 감각은 대번에 그것을 느낄 수 있었다.

'흑선궁이 마공을 익혔단 말이지?'

흑선궁의 체계와 고수의 서열이 전생의 그때와 같지 않을 거라는 사실은 익히 잘 알고 있었다.

실례로 전생에서 흑선궁주인 사왕 부금도 아래 귀안노귀 공손승과 더불어 흑선궁의 무력을 반분하던 혈귀대장 공야무륵과 그 예하의 주력인 혈귀조의 두 조장, 화사와 철마립이 이생에서는 그의 수하가 되어 있는 것이다.

하지만 그로 인한 흑선궁의 변화가 마공이라니, 실로 기분이 묘했다.

그리고 이런 흑선궁의 변화가 사전에 공야무륵 등을 빼돌린 그의 선택에 기인한 것이라는 사실에 못내 마음이 불편하기도 했다.

'소수이긴 하나, 다들 하나같이 고도로 단련된 정예들만 남겨 두었다. 대체 이렇게 한 이유가 뭐지?'

설무백이 그런저런 생각을 하면서도 애써 내색을 삼가며 삼안일도 부적산과 귀안노귀 공손승 등을 살펴보는 그때, 부적산의 면전으로 나선 천록이 그간의 사정을 상세하게 보고했다.

천록의 보고를 들은 부적산이 빙그레 웃는 낯으로 설무백을 쳐다보며 말했다.

"자, 그럼 이제 어디 한번 귀하의 말을 들어 봅시다. 우리 조카딸의 친구라고?"

설무백은 내심 고개를 갸웃거릴 정도로 매우 의외라는 생각을 하며 부적산을 바라보았다.

부적산은 전생의 그가 알고 있던 그대로의 용모와 적잖게 달랐다.

반백의 머리카락과 긴 수염을 거칠게 기른 것은 같았으나, 상당히 흉악한 눈빛에 더해서 탐욕과 타성에 젖어 비대해진 배불뚝이 몸매가 아니라 더 없이 단아한 인상의 용모였다.

분명 청년이 아님에도 청년처럼 건장한 체격에 정광이 번쩍이는 눈빛, 똑바로 선 콧대는 당시의 그가 전혀 보지 못한 흑도고수의 풍모를 제대로 보여 주고 있었다.

게다가 무엇보다도 이상한 것은 이 사람, 부적산에게서는 일체의 마기도 느껴지지 않았다.

'대체 역사가 어떻게 비틀어진 거지?'

설무백은 애써 혼란스러운 생각을 정리하면서 대답에 나섰다.

"맞아. 그것도 매우 절친한 사이지."

의도적으로 흘린 반말이었으나, 부적산은 아무런 감정의 동요를 보이지 않았다.

오히려 슬쩍 손을 들어서 안색이 변하는 주변인들을 다독이며 말을 받았다.

"실로 그렇다면 좋게 보이지 않는군. 그걸 믿어 주지 않는다고 사람을 죽이다니 말이야. 그것도 셋이나."

설무백은 대수롭지 않게 대꾸했다.

"강호의 모든 대립과 다툼은 오해에서 비롯되고, 그 대부분의 결과는 피와 죽음이지. 그게 강호무림 아니던가?"

부적산이 그 말이 옳다는 듯 곧바로 고개를 끄덕이며 수긍했다.

"하긴, 그렇소."

그리고 재우쳐 말을 덧붙였다.

"다만 오해가 생겨서 다툼이 벌어지고 사람이 죽었는데, 하필이면 가해자가 손님이오. 그러니 여기 주인 노릇을 하고 있는 본인이 손님의 정체를 밝히라고 추궁해도 큰 무리는 아니라고 생각되는구려. 아니 그렇소?"

추궁치고는 꽤나 정중한 추궁이었다.

그러나 설무백은 굳이 자신의 정체를 드러내고 싶지 않았다.

"피차 오해로 비롯된 일에 가해자가 어디에 있고 피해자가 또 어디에 있을까. 괜히 그런 걸 빌미로 신분을 밝히라 마라 추궁하는 건 옳지 않다고 보이는군. 하물며 난 이미 부약운, 부 소저의 친구인 설 아무개라고 이미 밝혔는데 말이야."

부적산이 희미하게 웃으며 말을 바꾸었다.

"추궁이 아니라 부탁이라면 어떻소? 사실 손님이 주인에게 신분을 밝히는 것이 강호의 예의 아니겠소? 물론 그걸 따지자는 게 아니고, 그저 천하에 설 아무개라는 사람이 족히 수천 아니, 수만은 넘을 텐데, 그 속에서 귀하의 신분을 짐작하는 건 본인이 아무리 강호사에 밝은 지식을 가지고 있어도 너무 어려운 일이라서 말이오."

실로 묘한 상황이었다.

보다 정확히는 주객이 전도된 상황이었다.

젊은 손님인 설무백은 건방진 하대로 배짱을 튕기고 있고, 나이 지극한 주인인 부적산은 존칭을 써 가며 사정을 하고 있는 것이다.

왜?

어째서?

'대체 무엇이 그리 아쉬워서?'

설무백은 이해할 수 없는 행동이었다.

막무가내로 싸우자고 시비를 거는 것도 아니라서 더욱 그랬다.

그래서 그가 내릴 수 있는 결론은 하나였다.

'시간을 끌고 있나?'

아마도 그런 것 같았다.

그래서 더욱 이상했다.

지금 암중에서 지켜보는 자들은 차치하고, 담 너머와 전각의 뒤에 혹은 전각의 지붕 등에 매복하고 있는 무사들의 숫자가 장난이 아니었다.

얼핏 헤아려도 수백 그 이상이었다.

이런데도 시간을 끌 이유가 대체 어디에 있을까?

설무백의 눈빛이 가늘게 접혔다.

이럴 만한 이유는 오직 하나뿐이었다.

부적산은 이미 그가 누군지 알고 있고, 그의 주변에 누가 있는지도 모르지 않는다.

그래서 지금의 병력을 가지고도 싸움에 나서지 않고 누군가를 기다리며, 바로 지원군을 기다리며 최대한 시간을 끄는 것이다.

그리고 그러한 배경에는 그와 부약운을 만나지 못하게 하려는, 다시 말해서 지금 부약운이 그를 만날 수 없는 처지라는 이유가 있을 터였다.

'흑도천상회까지 가서 지원을 요청할 리는 없으니……!'

쾌활림이었다.

설무백은 거기까지 예상하고는 싸늘하게 식어서 말했다.

"나는 부약운의 친구지 흑선궁의 친구가 아니고, 오늘 여기 온 것도 그녀를 만나러 온 것일 뿐, 흑선궁에 용무가 있어서 온 것이 아니야. 고로 흑선궁의 주인을 표방하는 당신에게 내 신분을 밝힐 필요성을 전혀 느끼지 못하겠으니, 쓸데없이 시간 끌지 말고 어서 부약운이나 불러 줘."

"아니, 그러지 말고……!"

"요미!"

설무백은 애써 웃는 낯으로 나서는 부적산의 말을 자르고 암중의 요미를 호명하며 명령했다.

"가서 그녀가 어디에 있는지 찾아봐!"

암중의 요미가 어디서 들려오는지 모를 목소리로 물었다.

"재수 없게 생긴…… 이 아니라, 부약운?"

"그래, 그녀."

"알았어."

요미가 암중에서 소리 없이 사라졌다.

다만 그걸 느낄 수 있는 사람은 지금 장내에서 오직 설무백 하나밖에 없었다.

부적산이 다급하게 언성을 높였다.

"이보시오, 설 공자!"

설무백은 그에 아랑곳하지 않고 측면에 자리한 전각의 처마를 향해 손가락 하나를 뻗었다.

그 어떤 기척이나 기운도 일어나지 않았으나, 그럼에도 불구하고 무언가 일어날 것 같다는 느낌이 드는 그 순간, 주변의 횃불과 등불이 닿지 않는 처마 아래 그늘 속에서 둔탁한 타격음에 이어 비명이 흘러나왔다.

팍-!

"윽!"

처마 아래 그늘 속에서 검은 덩어리 하나가 바닥으로 풀썩 떨어졌다.

검은색 일색인 야행복 차림의 복면인이었다.

설무백은 냉담한 기색으로 그 복면인을 일별하며 암중의 흑영과 백영을 향해 명령했다.

"흑영, 백영! 뒤쪽에 웅크리고 있는 쥐새끼들 전부 다 청소해!"

"옙!"

흑영과 백영이 동시에 대답하며 저마다 한줄기 바람으로 변해서 장내의 주변을 휩쓸었다.

암중에 있던 그들이 바람처럼 움직이고 있다는 사실을 연이은 비명이 알려 주었다.

"큭!"

"으악!"

"크악!"

부적산이 크게 당황했다.

"대체 이게 무슨 짓……!"

귀면대의 대주인 귀안노귀 공손승이 발작적으로 외치며 칼을 뽑았고, 졸지에 벌어진 사태에 당황하던 나머지 흑선궁의 요인들도 저마다 병기를 뽑아 들었다.

와중에 공손승의 뒤에 시립해 있던 두 사내가 비호처럼 지상을 박차고 날아올라서 설무백을 덮쳤다.

설무백은 전생의 기억을 통해서 그들이 누군지 이미 알고 있었다.

공손승의 수족과 같은 귀면대의 조장, 독두귀각(禿頭鬼脚) 혁필(赫畢)과 황마귀(黃魔鬼) 상료(商料)였다.

전생에서는 공야무륵의 측근이었던 화사나 철마립과 대등한 실력으로 명성을 떨치던 자들인데, 우습게도 지금의 그들은 화사나 철마립에 비해 매우 격이 떨어지는 경지를 드러내고 있었다.

설무백은 그래서 더욱 여유 있게 쳐다보고 있다가 대수롭지 않게 손을 쳐들어서 쇄도하는 그들을 향해 내밀었다.

순간!

펑—!

쇄도하던 혁필과 상료의 가슴에서 단단히 조인 가죽 북이 터지는 듯한 소리가 작렬했다.

혁필과 상료가 비명 대신 피를 뿌리며 저 멀리 날아갔다.

그 광경을 보고 크게 놀란 공손승이 본능처럼 높게 날아올랐다.

"놈!"

설무백은 이번에도 무심하게 서서 쇄도하는 공손승을 지켜보았다.

다른 사람의 눈에는 더 없이 빠른 속도로 쇄도하는 공손승이었으나, 그의 눈에는 전혀 그렇지가 않았다.

그의 시간은 공선승의 시간보다 느리게 흐르고, 감각은 그보다 몇 배나 더 예리했다.

그래서 그는 일견하기에도 상당한 고수인 공손승의 동작을 하나하나 눈에 새겨지는 것처럼 선명하게 지켜볼 수 있었다.

그리고 또 지켜볼 수 있었다.

공야무륵이 허리의 도끼를 뽑아 들며 한걸음 내딛는 것으로 공손승을 마중해 나아갔다.

그것을 확인한 설무백은 일체의 대응을 배제한 채 그냥 지켜보기로 했다.

앞으로 나아가는 공야무륵의 속도가 쇄도하는 공손승의 속도에 비해 수배는 더 빠르다는 것을 인지했기 때문이다.

혁필과 상료가 그렇듯 공손승도 전생에는 공야무륵과 막상막하로 겨룰 정도의 고수였으나, 이생에서는 실로 그 차이가 아주 컸다.

그래서 공손승은 죽었다.

공야무륵의 도끼가 허리를 벗어남과 동시에 아래에서부터 위로 사선을 그리며 높이 쳐들렸다.

카각-!

살과 뼈가 동시에 잘려지는 섬뜩한 소음과 함께 공손승은 사타구니에서 오른쪽 어깨까지 갈라져서 피와 내장을 쏟아 내며 반으로 잘린 통나무처럼 좌우로 쓰러졌다.

설무백은 그 순간에 한주먹을 높이 쳐들었고, 곧바로 한무릎을 꿇으며 높이 쳐들었던 주먹으로 땅을 때렸다.

꽝—!

엄청난 폭음이 터졌다.

지진이 일어난 것처럼 일대의 대지가 진동하고 주변의 건물이 거칠게 흔들렸다.

그와 동시에 설무백을 기점으로 하는 전방으로 부챗살처럼 퍼져 나가는 스산한 기운이 있었다.

그 뒤를 따라서 대지가 뒤집어졌다.

콰콰콰콰콰—!

설무백의 전방에서, 정확히는 부적산 등의 뒤쪽에서부터 동시다발적인 폭음이 터지며 마치 지하 깊숙이 박아 놓았던 수백 개의 기둥이 일시지간 지상으로 솟구치는 것 같은 장관이 연출되었다.

부챗살 모양으로 퍼져 나가며 솟구치는 그 기둥 하나하나가 전부 다 바로 설무백의 무지막지한 공력이 만들어 낸 강기의 덩어리임은 두말할 나위도 없었다.

콰콰콰콰콰—!

연이은 폭음 속에 부적산 등의 뒤쪽으로 이십여 장의 대지가 거기 자리한 대여섯 채의 전각과 함께, 또한 거기 매복해 있던 수많은 생명과 함께 쟁기로 갈아엎어 버린 자갈밭처럼 초토화되었다.

과연 몇 명이나 죽었을까?

설무백은 문득 떠오른 의문을 뒤로한 채 뒤집어진 땅거죽과 조각난 건물의 잔해가 비처럼, 우박처럼 쏟아지는 장내에 홀로 우뚝 서서 한껏 웅크린 부적산 등을 향해 나직이 경고했다.

"살고 싶으면 움직이지 마. 더 이상 죽이고 싶지 않으니까."

후두두두둑─!

흑영과 백영이 어느새 뒤쪽의 매복자들을 전부 다 해치운 듯 더 이상의 비명은 들리지 않고 있었으나, 하늘에서 쏟아지는 흙덩어리와 건물의 잔해가 일으키는 소리는 자욱한 흙먼지와 더불어 모든 사람들의 이목을 가리기에 충분하고도 남음이 있었다.

그러나 그와 같은 아수장속에서도 설무백의 나직한 경고는 장내의 모든 사람들의 귓속에 또렷하게 들렸고, 그로 인한 그의 존재감은 가히 엄청났다.

부적산을 비롯한 좌중의 모두가 정말이지 간담이 서늘해진 표정으로 딱딱하게 굳어져서 꼼짝도 하지 못했다.

죽음보다 더한 적막이 장내에, 그에 따른 공포가 그들의 전신을 옭아매고 있는 것 같은 모습이었다.

설무백은 새벽안개보다 더욱 자욱한 흙먼지 속에서도 그런 그들의 모습을 하나하나 정확히 확인해 보고는 불쑥 한 사람을 호명했다.

"가군자(假君子) 엽소(葉沼)!"

부적산의 뒤에 숨듯이 서 있던 빼빼마른 중늙은이 하나가 기겁하며 휘둥그레진 눈으로 설무백을 바라보았다.

지금 이 자리에 모인 사람들 중에서 가장 존재감이 없는 자신이 호명당한 것이 실로 경악스러워서 어쩔 줄 모르는 기색이었다.

그러나 설무백은 전생의 기억을 통해서 별 볼 일 없어 보이는 그 중늙은이 가군자 엽소가 흑선궁의 총관이기 이전에 대외적으로 아는 사람만 아는 부적산의 장자방이며, 다른 누구보다도 겁쟁이인데다가 반골 기질도 다분하다는 사실을 익히 잘 알고 있었다. 그래서 그는 굳이 살기 어린 시선을 던지며 싸늘하게 물었다.

"딱 한 번만 묻겠다. 지금 여기 있는 인원만으로는 절대 나를 상대하지 말라는 명령을 내린 자가 누구냐?"

엽소가 사색이 되어서 어쩔 줄 모르고 말을 더듬으며 부적산의 눈치를 보았다.

"나, 나는 그, 그걸……!"

설무백은 위협적인 눈빛으로 엽소를 노려보며 손을 내밀었다.

앞서 무지막지한 괴력을 발휘해서 그들의 뒤쪽을 초토화시킨 바로 그 손이 가리키고 있는 것이다.

"에구머니나!"

엽소가 기겁하며 제풀에 넘어가서 엉덩방아를 찧었다.

그 바람에 그는 재수 좋게 목숨을 지켰다.

설무백은 시간 끌기 싫어서 그냥 처리하고 다음 사람으로 넘어가려 했으나, 마침 그때 요미의 전음이 들려온 까닭이었다.

　-찾았다!

　실로 거대한 장원인 흑선궁은 중앙을 차지한 중정(中庭)을 기점으로 내원과 외원으로 나뉘어져 있었다.

　다만 외원의 규모가 정문에서부터 중정에 이르는 이천여 평으로 제한되어 있는데 반해 내원의 규모는 그보다 곱절 이상이었다.

　외원은 중정에서부터 시작해서 뒤쪽으로 이어지는 내원의 경우 장원의 뒤쪽을 병풍처럼 두르고 있는 학산의 일각을 아우르고 있기 때문이다.

　흑선궁은 작지만 그래도 일개 산인 학산을 후원처럼 사용하는 것으로 보였는데, 그래서인지 내원의 전각들은 대부분 중정과 가까운 지역에 밀집되어 있었다.

　그러나 실상은 조금 달랐다.

　비탈길을 따라 군데군데 일종의 정자처럼 주변의 경치를 구경할 수 있도록 세워진 몇 채의 누각을 제외하면 이렇다 할 건물이 눈에 띄지 않아서 단순히 과시용으로 조성한 후원이라고 생각한 그곳은 기실 다른 용도로 사용되고 있었다.

　지상이 아니라 지하였다.

놀랍게도 그곳의 지하는 거대한 지하 공간이 조성되어 있었던 것이다.

후원처럼 수풀이 시작되는 그곳의 초입에는 한 채의 전각이 자리하고 있었는데, 그게 입구였다.

아담한 그 전각의 문을 열고 안으로 들어가자 거대한 규모의 지하 공간이 펼쳐졌는데, 그 안에 자리한 밀실 중 하나에 부약운이 있었다.

그런데 문제가 있었다.

부약운은 정상이 아니었다.

완전히 혼백이 빠져나간 사람의 모습이었다.

분명 눈은 뜨고 있는데 죽은 사람처럼 아무런 감정이 없는 무감동한 빛이 담겨 있었다.

"아주 완전히 맛이 갔어."

요미의 설명이었다.

자신이 저지른 일이 아님에도 마치 자신이 저지른 일인 것처럼 잔뜩 주눅이 든 모습으로 설무백을 맞이했으나, 제 버릇 개 못 준다고 입으로는 그렇게 말하고 있었다.

설무백은 냉정한 모습으로 잠시 더 부약운을 살펴보다가 일어나서 주변을 둘러보았다.

이십여 평 남짓한 공간이었다.

밀실치고는 매우 넓은 편인 셈인데, 사주침상을 비롯해서 다탁과 의자, 향로 등 완벽한 주거 공간으로 꾸며져 있었다.

설무백은 끌고 온 부적산과 엽소, 그리고 흑선궁의 장로회를 구성하고 있는 여덟 명의 장로 중 세 사람에게 매서운 시선을 던지며 물었다.

"무슨 짓을 한 거지?"

부적산과 엽소가 어물어물거리는 사이, 설무백이 가진 전생의 기억에 있는 흑선궁의 장로인 흑살군(黑殺君) 맹정(孟矴)이 대답했다.

"우리 짓이 아니오."

"그럼 누구 짓이지?"

"……!"

설무백의 반문에 대답하려던 신궐이 움찔했다.

곁에 서 있던 나머지 두 명의 장로 중 한 사람, 활박피(活剝皮) 노충(盧沖)이 슬쩍 그의 소매를 잡았기 때문이다.

워낙 순간적인 일이라 아무도 보지 못한 것 같은 노충의 그 행동을 설무백은 정확히 보았다.

"활박피 노충. 사람깨나 죽였지. 그것도 죄 없는 사람을 많이, 아주 지저분하게."

설무백은 말과 동시에 손을 내밀어서 노충을 가리켰다.

노충이 흠칫 놀라며 뒤로 물러났으나, 별 다른 방어의 몸짓은 보지 않았다.

그 순간에 그의 가슴에서 단단하게 조인 가죽 북이 터지는 듯한 폭음이 작렬했다.

그로서는 볼 수도 없고, 느낄 수도 없는 기세가 가슴을 강타한 것이다.

펑―!

노충이 가랑잎처럼 날아가서 벽에 처박혔다.

곧바로 튕겨져서 바닥에 엎어졌다가 반사적으로 일어난 그는 그대로 다시 주저앉고 개처럼 엎드려서 몇 사발이나 되는 피를 토했다.

그건 마치 자신의 몸에 있는 피를 전부 다 쏟아 내는 것 같은 모습이었다.

그러다가 그는 그대로 자신이 토한 핏물에 머리를 처박으며 고꾸라졌는데, 그 바람에 흩뿌려진 핏물 속에서 조각난 살점들이 드러났다.

설무백이 날린 무형장인 무극신화장은 내가중수법(內家重手法)의 묘용을 내포하고 있어서 그의 내장을 산산조각으로 끊어 버린 것이다.

설무백은 피 바닥에 엎어진 노충의 처참한 주검을 무심하게 외면하며 맹정을 바라보았다.

맹정은 완전히 얼어붙은 모습인 부적산과 엽소, 남은 한 사람의 장로인 반노귀(反老鬼) 곽부(郭鬼) 사이에서 새삼 경악과 불신의 눈초리로 자신을 주시하고 있었다.

설무백은 무심하게 맹정을 향해 턱짓을 했다.

"계속해, 하던 얘기."

맹정이 마른침을 삼키며 힐끗 부적산을 보았다.

설무백은 싸늘하게 경고했다.

"지금 당신이 눈치를 봐야 하는 건 그가 아니라 나다. 모르나?"

맹정이 재빨리 대답에 나섰다.

"부 소저는 얼마 전 흑도천상회의 임무를 수행하는 도중 적의 기습으로 중상을 입어서 혼절했는데, 적잖은 의원들이 나섰어도 도통 깨우질 못했다고 하오. 그래서 궁주께서는 고심 끝에 당시 흑도천상회에 파견 나와 있는 쾌활림의 독심광의 구양보에게 부탁을 했고, 그 결과 지금의 상태요. 혼절에서 깨어나긴 했으나, 여전히 제정신을 찾지 못하고 있소."

설무백은 한층 더 싸늘해졌다.

하도 말이 안 되는 부분이 많아서 그는 당최 어디서부터 어떻게 따져 봐야 할지 모를 정도였다.

냉소를 날린 그는 새삼스러운 눈초리로 부적산과 엽소, 맹정을 차례대로 쓸어보며 씹어뱉듯 말했다.

"지금부터 내가 몇 가지 물을 테니, 누구든 아는 바가 있으며 바로 대답해라. 미리 경고해 두는데, 거짓으로 대답하면 죽인다. 또한 정신 못 차리고 엉뚱한 대답을 내놓거나 조금이라도 늦게 대답해도 죽인다. 알았나?"

천박할 정도로 직접적인 위협이 장내를 얼어붙게 만들었다.

부적산과 엽소, 맹정도 그렇듯 얼어붙어 버린 모습으로 고개를 끄덕였다.

설무백은 곧바로 물었다.

"얼마 전이라고 했는데, 그때가 언제지?"

맹정이 대답했다.

"한 달하고 사나흘 전의 일이오."

설무백은 절로 고개를 끄덕였다.

예상대로 그가 함정에 빠졌던 때의 일이었다.

"쾌활림의 독심광의에게 치료를 부탁했다고 했는데, 그럼 그도 중도에 치료를 포기했다는 건가?"

"아니오. 중도에 치료를 중단하고 그냥 데려온 거요."

"당신이?"

"그게, 그러니까, 내가 아니라……!"

맹정이 곤혹스러운 표정으로 말꼬리를 늘이는데, 부적산이 나서며 말을 가로챘다.

"내가 그랬소."

설무백은 이채로운 눈빛으로 부적산을 바라보았다.

"왜 그랬지?"

부적산이 지그시 입술을 깨물며 억눌린 목소리로 대답했다.

"뭐라고 딱히 꼬집어서 얘기할 수는 없지만, 그냥 독심광의 그자의 치료가 무언가 모르게 이상하고 마음에 들지 않았소. 주술을 가미한 치료라는 것은 차치하고, 치료를 할 때마다 주변 사람들을 물리는 것이 정상적으로 보지 않았는데, 나중에는 인혈을 약제로 써야 한다고 해서 더는 맡길 수 없었소."

설무백은 냉정하게 말꼬리를 잡았다.

"그걸 왜 당신이 결정했지? 사왕 부금도는 그렇게나 딸의 문제에 무관심한 사람이라는 건가?"

"……."

부적산이 일순 말문이 막힌 표정이다가 곧바로 말했다.

"형님도 이상했으니까."

설무백은 절로 오만상을 찡그렸다.

당최 오리무중인 작금의 상황이 더욱 복잡하게 꼬이는 것 같은 기분이 들었다. 그러다가 그는 문득 머리를 한 대 맞은 것 같은 표정으로 굳어졌다.

벼락처럼 뇌리를 스치는 무언가가 있었기 때문이다.

그는 한층 더 싸늘해진 눈초리로 부적산을 직시하며 물었다.

"말해 봐. 그의 어디가 이상하다는 거지?"

부적산이 말했다.

"그 역시 딱 꼬집어서 얘기할 수는 없소. 그저 이상하오. 내가 알던 형님이 아닌 것 같을 뿐이오. 그래서 내가 전에 없이 화를 내고 악을 써서 억지로 데려왔고, 지난 열흘 내내 백방으로 수소문해서 치료할 방법을 찾고 있는 중이오."

설무백의 눈에 절로 빛이 들어왔다.

아직 확인이 필요한 일이긴 했으나, 부적산의 말이 사실이라면 실타래처럼 혼란스럽게 뒤엉킨 것 같은 작금의 상황이 풀릴 수 있었다.

'뭐지? 대체 뭘까?'

설무백은 아무리 봐도 부적산이 거짓을 말하는 것 같지 않자, 애써 냉정하게 마음을 다잡고 정신을 집중해서 잠시 전생의 기억을 더듬어 보았다.

그리고 절로 고개를 끄덕였다.

사신 부금도와 삼안일도 부적산은 나이나 촌수를 떠나서 문경지우(刎頸之友)를 꿈꾸는 막역지간(莫逆之間)이었다.

그가 아는 전생의 기억 속에서 그들이 싸우거나 언쟁을 벌인 적은 단 한 번도 없었다.

특히 부적산의 경우는 실로 평생을 살면서 한 번도 부금도의 지시나 명령을 거역한 적이 없는 사람이었다.

그런데 그런 부적산이 부금도와 언쟁을 벌일 정도로 대립했고, 끝내 자신의 고집대로 부약운을 데리고 왔다는 것이다.

전생의 그들 관계를 기억하는 그의 입장에서 이건 정말 벌어질 수 없는 일이 벌어진 것이나 다름없었다.

그리고 그런 일이 벌어질 수밖에 없는 이유는 오직 하나뿐이었다.

'부금도에게 문제가 있다면! 그가 가짜이거나 적어도 사도진악과 손을 잡았다면!'

설무백은 의지와 무관하게 오만상을 찡그리며 침음을 흘렸다.

사실이 그렇다면 아까 그가 내린 판단이 틀렸다는 얘기가 되기 때문이다.

그는 바로 확인했다.

"그럼 아까 대체 왜, 무슨 이유로 그리 시간을 끈 거지?"

"아까라니, 그게 무슨……?"

부적산이 도대체 무슨 말인지 모르겠다는 표정이다가 이내 무슨 말인지 깨달은 듯 안색을 바꾸며 재우쳐 말했다.

"아! 아까 처음 만났을 때! 그건 오해요. 시간을 끌려는 것이 아니라 그저 눈치를 보느라 그랬던 거요. 당신을 보낸 사람이 형님인지 아니면 쾌활림인지 당최 알 수가 없어서 말이오. 마침 그 자리에 형님이 보낸 공손 대주 등이 같이 있어서 그들의 눈치를 봤던 거요."

"……."

설무백은 절로 말문이 막혀서 입을 다물었다.

이제 보니 자신이 너무 섣부른 판단을 했던 것이다.

그때였다.

애써 내색은 삼갔으나, 실로 멋쩍고 당황스러워서 어쩔 줄 모르는 그에게 구원의 손길이 내밀어졌다.

"알았다! 앵속(罌粟)을 썼구나!"

요미였다.

요미는 설무백이 부적산 등과 대화를 나누는 동안에도 내내 침상에 앉아 있는 부약운의 상태를 면밀히 살피고 있었다.

그녀의 견지에서 정상이 아닌 부약운의 상태가 일종의 섭혼술에 당한 것과 흡사한 까닭에 지대한 관심이 갔던 것인데, 결국 고도의 집중력을 발휘한 그녀는 이내 실로 비정상인 부약운의 상태가 어디서 비롯되었는지 찾아내는 데 성공했다.

그녀가 사마이공의 정화인 방술과 환술의 대통을 물려받은 전진사가의 계승자이기에 찾아낼 수 있었던 그 이유는 바로 앵속이었다.

전진사가의 방술과 환술에는 사천미가제령술처럼 주변의 풍경과 동화되어 자연과 하나가 되는 고도의 둔갑술도 있지만, 무공이라기보다 요령에 가까운 눈속임이나 약물을 이용한 사기인 하류의 방법도 포함되어 있는데, 그 하류의 방법 중에 대표적인 것이 바로 앵속을 사용하는 수법이었다.

요컨대 앵속의 연기를 피어 내는 연막탄을 써서 상대의 눈을 속이고 감각을 둔하게 만들거나, 심한 경우 환각까지 불러일으켜서 보다 쉽게 상대를 처리하는 수법이 바로 그것이었다.

요미는 그것에 대해서 설명해 주었다.

"순간적으로 몸을 감추거나 숨는 기술인 은형술에 종종 쓰는 기법인데, 그보다 더 많이 그리고 자주 쓰는 곳이 바로 섭혼술이에요. 앵속의 마취 효과는 단순히 일시적으로 눈을 흐리게 하고 감각을 둔하게 만드는 것보다 정신을 차단하고 환각을 불러일으키는 데 더 탁월한 효과가 있거든요."

"섭혼술이 제대로 통하지 않아서 앵속을 썼다?"

"아마도 그럴 거예요. 섭혼술이 통하지 않을 정도로 정심한 부동심을 가진 사람에게 앵속을 사용하면 그 어떤 미혼분(迷魂粉)보다도 효과 만점이거든요."

"문제를 찾아냈으니 해결할 방법도 찾아냈겠지?"

"그야 물론이지요."

"어떻게 하면 되지?"

"그냥 아무것도 하지 않으면 되요. 체내의 앵속 기운이 빠져나갈 때까지 기다리는 거죠. 그녀가 섭혼술에 당한 이유가 앵속의 기운 때문이라면 그렇게 앵속의 기운이 빠져나가는 것만으로도 정신을 차릴 거예요."

"그래도 정신을 차리지 못하면?"

"그것도 문제없어요. 그때는 내가 조금 손을 쓰면 되죠. 낮은 경지의 섭혼술은 보다 더 높은 경지의 섭혼술에게 통제당하는 법이거든요."

실로 대수롭지 않다는 듯 설명하던 요미가 문득 미간을 찌푸리고 고개를 갸웃거리며 의문을 토로했다.

"근데, 한 가지 이상한 점이 있어요."

"뭐가?"

"그게……."

요미가 대답 대신 슬쩍 부적산에게 시선을 주며 물었다.

"그녀를 열흘 전에 여기로 데려왔다고 했죠?"

부적산이 얼떨결인 것처럼 대답했다.

"그렇소만……?"

"그사이 그녀가 발작을 일으킨 적이 있나요?"

"아니, 없었소. 지금 모습 그대로 잠들거나 깨어나 있었소."

"역시……!"

요미가 뜻 모를 표정으로 고개를 끄덕이며 고개를 돌려서 설무백의 시선을 마주하며 말했다.

"흑도천상회에서 여기까지 오는 데 빨라도 사흘이라고 보면 도합 열사흘이에요. 그 정도면 앵속의 기운이 떨어져서 발작을 일으켜도 열댓 번은 더 일으켰어야 정상이에요."

설무백은 예리하게 요미의 말을 알아들었다.

"누군가 지속적으로 그녀에게 앵속을 투여했다는 거군."

요미가 싱긋 웃으며 대답했다.

"아무나 다 그녀를 만나게 했을 리는 없을 테니, 필요하면 얼마든지 여기를 들락거릴 수 있을 정도로 상당한 지위를 가진 사람이겠죠."

설무백은 묵묵히 고개를 끄덕이며 부적산을 바라보았다.

강하게 대답을 요구하는 눈빛이었다.

부적산이 그 눈빛에 반응해서 대답했다.

"저분 소저의 말마따나 여기로 와서 저 아이를 만날 수 있는 사람은 지극히 제한적이었소. 앞서 밖에서 죽은 귀면대의 대주 공손승을 비롯해서 그 예하의 혁필과 상료, 방금 전 귀하의 손에 노충, 그리고 본인과……."

그의 시선이 곁에 서 있는 흑살군 맹정과 반노귀 곽부, 가군 자 엽소를 차례대로 쓸었다.

"……여기 있는 맹 장로와 곽 장로, 저 친구 엽소가 다요."

설무백은 어깨를 으쓱하며 중얼거렸다.

"그럼 범인이 이미 죽었을 수도 있다는 소리군."

"그럴 수도 있지만……."

부적산이 질문도 아닌 그의 말을 받으며 느닷없이 칼을 뽑아서 맹정의 목에 가져다 댔다.

"나는 맹 장로가 의심스럽군!"

맹정이 소스라치게 놀라며 말을 더듬었다.

"아, 아니, 그게 무슨……?"

부적산이 수중의 칼끝에 힘을 주며 싸늘하게 말을 잘랐다.

"내가 맹 장로 당신에게 말했지! 내가 약을 구하고 그 방면에 정통한 의원을 찾느라 밖으로 돌 수밖에 없으니 무슨 일이 있어도 저 아이 곁에서 지켜보며 잘 보살피라고! 당신은 알았다고 했어! 실제로 하루도 빠짐없이 풀빵구리처럼 쥐 드나들 듯 여기를 들락거렸고! 그런 당신이 다른 누군가가 저 아이에게 앵속을 주고 있다는 걸 모른다는 게 과연 말이 되나?"

맹정이 다급하게 변명했다.

"아니오! 오해시오! 나는 정말 그런 적이 없고 그런 사실도 몰랐소! 게다가 부 소저를 보살핀 것은 나만이 아니오! 첫날은 그랬지만 이튿날부터는 다 같이, 그러니까, 저기 저 죽은 노 장로와 여기 곽 장로도 같이했소!"

부적산이 맹정의 목에 댔던 칼을 거두며 땅딸보에 대머리인 반노귀 곽부를 바라보았다.

곽부가 펄쩍 뛰었다.

"아니, 나는 맹 장로가 도와 달라고 해서 가끔 가다가……!"

"가끔 가다가는 무슨!"

맹정이 발끈하며 악을 썼다.

"첫날 부 소저를 보살피다가 거처로 돌아갔을 때, 거기서 기다리고 있던 노 장로와 당신이 내게 뭐라고 했소? 무슨 일을 그리 혼자서 은밀히 하느냐고, 혼자서 부궁주의 수발을 다 들어주면 우리가 뭐가 되냐고 시기와 질투로 역정을 내면서 시간을 나누자고 종용한 것이 당신이잖소!"

"그렇긴 하지만, 결과적으로 부궁주께 명령을 받은 것은 자신이라고 우기면서 우리에게 삼 할의 시간을 할애해 줄 테니 둘이 알아서 나누라고 했잖소! 아, 그리고 보니 이상한 게 있소!"

붉게 달아오른 얼굴로 마주 소리치던 곽부가 문득 떠오르는 게 있다는 듯 부적산을 향해 돌아서서 말했다.

"하루씩 나누자는 제안을 맹 장로 저자가 거절했소. 그냥 아침저녁으로 나누자고 말이오! 이제 보니 그게 앵속 때문이었나 보오!"

"그게 무슨 개소리야!"

맹정이 불 같이 화를 내며 소리쳤다.

"그걸 제안한 것은 내가 아니라 노 장로였잖아!"

곽부가 지지 않고 마주 노려보며 언성을 높였다.

"그걸 노 장로가 제안한 건지는 몰라도, 결국 당신이 승낙해서 그렇게 하게 된 것이 맞잖아!"

"아니, 저자가 어디서 누굴 모함하고……!"

"지금 누가 누굴 모함하고 있는 거라고……!"

맹정과 곽부가 서로를 잡아먹을 듯이 노려보며 핏대를 세우는 그때, 설무백이 발을 굴렸다.

쿵—!

지축이 울리고, 주변이 온통 무너질 것처럼 진동하며, 천장에서 부스스 흙먼지가 쏟아져 내렸다.

악다구니 부리며 악을 쓰던 맹정과 곽부가 조개처럼 입을 다무는 가운데, 장내의 모두가 정신이 번쩍 뜬 사람처럼 눈이 커져서 설무백의 눈치를 보았다.

설무백은 그게 상관없이 공야무륵을 향해 물었다.

"요미야, 너라면 이걸 어떻게 처리할래?"

요미가 배시시 웃으며 대답했다.

"나라면 깔끔하게 둘 다 죽여 버릴 걸 아마?"

맹정과 곽부의 얼굴이 굳어졌다.

설무백은 그런 그들을 지그시 바라보며 공야무륵을 호명했다.

"공야무륵!"

공야무륵이 누런 이를 드러내며 히죽 웃는 낯으로 맹정과 곽부를 쳐다보며 대답했다.

"죽일까요?"

설무백은 가차 없이 말했다.

"죽여!"

공야무륵이 웃는 낯으로 주섬주섬 허리의 도끼를 꺼내 들며 맹정과 곽부를 향해 나섰다.

살기가 비등하는 그 순간!

"익!"

맹정이 참지 못한 것처럼 그대로 돌아서서 전력을 다하는 모습으로 밖을 향해 내달렸다.

그때 설무백의 명령이 바뀌었다.

"재만!"

때를 같이해서 공야무륵의 모습이 그 자리에서 사라졌다.

아지랑이처럼 혹은 허깨비처럼 순간적으로 흐릿하게 변하며 사라진 것인데, 그와 거의 동시에 밀실을 벗어나려는 맹정의 전면에서 그의 모습이 나타나고 있었다.

천마십삼보와 더불어 천하양대전설로 통하는 다라십삼경 중 하나인 다라제칠경 무량속보였다.

이제 팔성에 달한 그의 무량속보는 가히 빛살처럼 빨라서 동시에 두 곳에 존재하는 착각을 일으키는 이형환위(移形換位)의 경지를 내다보고 있는 것이다.

"헉!"

사력을 다해서 밖으로 내달리던 맹정은 일순 멍청해졌다.

사오 장 이상이나 떨어져 있던 사람이 전력으로 돌아서 뛰는 그의 전면에 나타난 것이다.

나름 경신술에 자부심을 가지고 있던 그의 입장에선 도저히 상상도 못할 일이 눈앞에서 벌어진 셈이라 정신을 차릴 수가 없었다.

그때, 그가 두 눈을 부릅뜨며 내달리던 발길을 억지로 멈추려는 그 순간에 앞에서 나타난 공야무륵의 손에 들린 도끼가 수평으로 휘둘러졌다.

"……!"

맹정은 의지와 달리 발길을 멈추지도 못했고, 수평으로 다가오는 공야무륵의 도끼도 뻔히 보면서 피하지 못했다.

달려가는 그의 속도도 빨랐지만, 쇄도하는 공야무륵의 도끼도 그만큼 빨랐기 때문이다.

칵-!

뼈와 살이 거칠게 잘려 나가는 섬뜩한 소음이 울렸다.

맹정의 목이 잘려지는 소음이었다.

맹정의 머리가 때구루루 바닥을 굴렀다.

그 뒤로 핏물이 터지고 그다음에 쓰러진 맹정의 신형이 바닥에 엎어졌다.

공야무륵이 그제야 지옥의 사자처럼 흉악한 모습으로 문을 가로막고 서서 곽부를 일별하며 물었다.

"쟤는요?"

곽부가 새파랗게 질린 얼굴로 말을 더듬었다.

"저, 정말이오! 나, 나는 정말 모르는 일이오!"

설무백은 못내 기분이 찝찝했다.

앞서 속절없이 죽은 귀안노귀 공손승의 경우도 그렇더니, 지금 죽은 흑살군 맹정의 경우도 그랬다.

전생의 그가 알고 있던 그들과 비교하면 실로 무력하기 짝이 없는 수준이었다.

이 생의 흑선궁은 전생의 흑선궁과 비교해서 형편없이 낮은 무력을 가진 것인데, 그는 이것에 대해 일말의 죄책감이 들고 있었다.

이 모든 것이 전생의 기억을 이용해서 공야무륵 등을 가로챈 그가 원인일지도 모른다는 생각이 드는 것이다.

곽부가 그런 그의 태도를 다르게 오해한 듯 이마에 송골송골 진땀이 맺힌 얼굴로 거의 울먹거렸다.

"믿어 주시오! 나는 정말 앵속의 앵 자도 모르오!"

설무백은 대답 대신에 고개를 돌려서 요미를 바라보며 물었다.

"그녀가 사흘 내에 발작을 일으킬 가능성은 얼마나 되지?"

요미가 고개를 갸웃거리며 대답했다.

"글쎄……? 반반 정도랄까?"

"절대 발작을 일으키면 안 되는 상황이야. 너라면 그런 모험을 할래, 안 할래?"

"나야 안 하지."

요미가 대답을 하고 나서야 깨달은 듯 반짝이는 눈으로 곽부를 일별하며 재우쳐 말했다.

"아, 이 노인네는 흑도천상회에서 같이 온 게 아니라 원래 이곳에 있었던 거구나! 그럼 둘 다 죽인다는 말은 실수! 이 노인네 말고 저 노인네만 죽여야지! 제대로 죽였네 뭐! 헤헤……!"

설무백은 슬쩍 눈총을 주고는 부적산에게 시선을 주었다.

"대충 상황이 정리된 것 같으니……!"

"알겠소!"

부적산이 말을 가로챘다.

"일단 기다려 보겠소!"

그때 밖에서 누군가가 그곳으로 달려왔다.

설무백은 그를 알아보았다.

"무슨 일이지?"

나타난 사람은 염소수염의 중년인, 천록이었다.

천록이 보란 듯이 고집스럽게 설무백을 쳐다보지 않고 부적산을 향해 말했다.

"놈들이 방문했습니다."

부적산이 일단 설무백의 눈치를 한번 보고 나서 물었다.

"놈들이라니? 어떤 놈들?"

"그게……!"

천록도 슬쩍 설무백의 눈치를 보고 나서 대답했다.

"쾌활림입니다!"

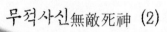

무적사신無敵死神 (2)

-처음이 아니오. 본인이 그 아이를 데리고 돌아온 이후 그들은 뻔질나게 찾아왔었소. 그것도 매번 쾌활림주 사도진악의 셋째 제자인 독안귀룡 위경이 직접 예하의 정예들을 이끌고 말이오.

객청으로 가는 길에 부적산이 말해 준 언질이었다.

이번에도 장손무길이 직접 예하의 정예들을 이끌고 방문했으며, 수하들이 객청으로 인도했다는 것이 천록의 보고였다.

'독안귀룡 위경이 흑도천상회가 아니라 여기 쾌활림의 총단에 있었나?'

설무백은 비록 긴 시간은 아니었으나, 부적산을 따라 객청으로 가는 내내 머리가 복잡할 정도로 생각이 많아졌다.

과거, 아니, 전생의 쾌활림주 암왕 사도진악은 세 명의 제자를 두었다.

첫째가 비연검룡 유적, 둘째가 독이수룡 장손무길, 셋째가 독안귀룡 위경인데, 그들은 경쟁을 방임하고 방조하는 사부 사도진악 아래서 갖은 음모와 암계를 통한 치열한 후계자 싸움을 벌였다.

그러나 그건 전적으로 공식적이랄 수 있는 대외적인 시각을 뿐, 내부적으로는 조금 달랐다.

실질적으로 사도진악의 제자는 그들, 세 사람만이 아니었다. 사도진악은 필요한 경우 측근의 요인들을 남몰래 자신의 제자로 삼았기 때문이다.

당시 설무백이 그랬고, 예하의 흑표와 흑응 등 열한 명의 의형제들 또한 다 그랬다.

사도진악는 친위대인 흑사자들의 수뇌들인 그들을 비밀리에 전부 다 자신의 제자로 거두었다.

모르긴 해도, 사도진악이 그런 식으로 거둔 제자가 적어도 드러난 것보다는 더 많다는 것이 당시 흑호라는 이름으로 설무백이 가지고 있던 생각이었다.

그리고 그와 같은 내막이 드러난 것은 바로 그들 간의 알력이 극대화되면서 대외적으로 둘째 제자인 장손무길이 암살당한 이후였는데, 설무백이 쾌활림을 떠난 이유에는 그런 쾌활림의 내부 문제도 적잖게 작용했었던 것이다.

그래서였다.

설무백에게 대외적으로 알려진 세 명의 제자는 실로 남다른 존재들이었다.

전생에 벌어졌던 그들의 암투는 당시 그가 인생을 달리 보게 되는 전환점이었기 때문이다.

특히나 그의 개입으로 인해 작금의 역사가 전생과 적잖게 달라졌다고는 해도 기본적은 틀은 그대로 유지되고 있었기에 더욱 그랬다.

즉, 이생에서도 전생의 경우처럼 그들의 암투가 그의 인생에 막대한 영향을 끼칠 수 있다는 생각이었다.

지난번 그들 중 하나인 둘째 장손무길을 만나고도 애써 관심을 두지 않았던 그의 이유가 바로 거기에 있었다.

그런데 오늘 또 그와 같은 상황에 직면한 것이다.

그것도 애초에 나서지 않으면 모르겠으나, 나선다면 충돌을 피할 수 없는 상황이었다.

그렇다고 나서지 않을 수도 없었다. 그의 이번 행보에는 쾌활림의 총단도 포함되어 있기 때문이다.

그랬다.

부약운 때문에 흑선궁을 먼저 방문한 것일 뿐이었다.

당시의 상황으로 봐서 필시 그녀에게 무언가 문제가 생겼을 것이라고 판단했기 때문인데, 어차피 그다음의 방문지는 쾌활림이었다.

쾌활림을 방문해서 그를 건드린 것이 어떤 결과를 초래하는지 확실하게 보여 줄 심산이었다.

그리고 그다음이 흑도천상회였다.

이번 사건의 배후에 흑도천상회가 있을지도 모른다는 생각이었고, 그렇다면 흑도천상회도 가만둘 수 없었다.

여태까지는 흑도천상회가 아직 마교와 손을 잡지 않았다고 생각했기 때문에 가급적 직접적인 충돌은 피하려고 애썼지만, 이번 사건을 저지른 쾌활림과 그들이 한통속이라면 그럴 필요가 전혀 없었다.

이미 흑도천상회도 마교와 손을 잡은 쾌활림의 손에 들어갔다고 봐야 하기 때문이다.

사실이 그렇다면 굳이 전생의 상황에 연연해서 그들과의 만남을 피할 이유가 전혀 없는 것이다.

'어차피 쾌활림에서 마주쳤을 테니, 잘된 일일지도 모르지! 근데, 내가 누군지 알아볼까?'

알아볼 가능성보다는 알아보지 못할 가능성이 더 높았다.

강호무림의 고수들 사이에서만큼은 소리 소문 없이 유명한 그인지라 어느 정도 알고 있기는 할 테지만, 아직은 그가 흑발에서 백발로 변해 버렸다는 것까지 소문나지는 않았다.

만에 하나 위경이 흑표와 손을 잡고 같이 움직이는 중이라면 그를 알아볼 가능성이 높을 테지만, 그건 실로 만에 하나인 상황이었다.

전생의 흑표는, 아니, 흑표만이 아니라 흑사자들 중 그 누구도 사도진악 이외의 사람과 같이 일하는 경우는 없었다.

'알아본다면 그게 오히려 이상한 일이지!'

아니나 다를까, 설무백의 예상대로 그런 이상한 일은 벌어지지 않았다.

전각의 내부가 통으로 하나의 방인 객청의 탁자에 앉아서 차를 마시고 있던 애꾸는 사내, 독안귀룡 위경은 부적산의 뒤를 따라서 실내로 들어서는 설무백의 존재를 안중에도 두지 않았다.

분명 낯선 얼굴임을 모르지 않을 텐데도 그저 새로 발탁한 호위라고 치부하는지 전혀 관심을 두지 않고 있었다.

설무백은 그 덕분에 실로 아무런 제약도 그들, 위경과 그 일행을 편하게 살펴볼 수 있는 기회를 얻었다.

위경은 전생의 그가 알던 그대로였다.

귀공자처럼 반듯하게 차려입은 이십대의 사내였으나, 강퍅해 보일 정도로 바싹 마른 얼굴과 금빛 안대와 함께 가늘게 찢어진 눈, 뾰족한 콧날, 얄팍한 입술로 인해 흉포한 성정을 감추고 사는 음침함을 여실히 느낄 수 있었다.

아마도 그래서인지 그의 뒤에 시립한 네 명의 노인은 상대적으로 수더분하게 보이는 인상이었다.

하지만 그들, 네 명의 노인이 실제는 전혀 수더분한 성격이 아님을 설무백은 익히 잘 알고 있었다.

각기 청살귀(靑殺鬼)와 음산삼마(陰山三魔)라는 별호를 가진 세 사람인 그들은 위경이 특별히 호위로 고용한 전대의 마두들이 었다.

전생의 기억에 따르면 그들은 사람을 죽여도 절대 편하게 죽이지 않으며 종종 인육도 먹는다고 알려진 살인귀들이었는데, 그래서 그런지 그들의 눈에서 번들거리는 빛은 살기와 광기가 뒤섞인 듯 이상하게 음산한 것이었다.

그다음은 위경의 뒤에 시립한 그들, 네 명의 살인귀와 조금 떨어져서 벽에 붙어 있는 여섯 명의 사내들이었다.

설무백은 그들도 첫눈에 알아볼 수 있었다.

그래서 적잖게 놀랐다.

그들이 암왕 사도진악의 친위대인 흑사자들을 제외하면 쾌활림의 삼대무력 중 하나로 꼽히며 일명 사살대(死殺隊)로 불리는 사멸살신대(死滅殺神隊)의 대주 귀안귀수(鬼眼鬼手) 상악(相岳)과 예하의 대원인 자영오살(紫影五殺)이었기 때문이다.

'설마 벌써……?'

사멸살신대의 모든 대원들은 특별한 경우가 아니라면 오직 사도진악의 명령만을 수행했다.

특히 사멸살신대의 대주인 귀안귀수 상악이 사도진악 이외의 사람은 절대 수행하지 않는다는 것이 쾌활림의 불문율이었다.

그런데 지금 상악이 자영오살과 함께 위경을 수행하고 있었다.

이건 한 가지 놀라운 사실을 의미했다.

사도진악의 둘째 제자인 독이수룡 장손무길의 죽음이 바로 그것이었다.

'······장손무길이 죽었다고?'

설무백이 가진 전생의 기억에 따르면 사도진악은 쾌활림의 정예들로 조직한 삼대 무력을 대외적으로 알려진, 그래서 공식적인 세 명의 제자에게 하나씩 나누어 주고 자신은 친위대인 흑사자들만 거느린 채 그들의 경쟁을 나 몰라라 방임하였다.

제자들을 무한 경쟁 속으로 밀어 넣어서 약자를 도태시키고 살아남은 강자를 자신의 후계자로 선택하려 했던 것이다.

이는 전통적으로 흑도의 종주들이 주로 채택한 방법으로, 잔인하지만 더 없이 효율적이라고 알려졌는데, 다만 사도진악은 거기에 약간의 변칙을 가미했다.

삼대 무력의 대주들은 제자들에게 내주지 않고 자신의 곁에 묶어 두었다.

그 속에는 두 가지 의미가 내포되어 있었다.

하나는 제자들에게 지휘자가 없는 세력을 얼마 잘 통솔하는지 보겠다는, 일종의 수련이라는 의미였고, 다른 하나는 여차하면 언제 어느 때고 얼마든지 회수하겠다는 경고였다.

그리고 그런 사도진악이 그 제재를 풀고 그들, 대주들까지 제자들에게 내준 것은 바로 둘째 제자인 장손무길이 죽은 직후의 일이었다.

그런데 사도진악이 위경에게 내준 쾌활림의 삼대 무력 중 하나, 사멸살신대의 대주 귀안귀수 상악이 지금 위경을 보필하고 있었다.

전생의 상황에 비추어 볼 때, 이건 사도진악의 둘째 제자인 독이수룡 장손무길이 죽었다는 의미가 되는 것이다.

'얼추 십여 년이나 더 빠르게 돌아가고 있다는 거네!'

흑호로 살던 전생의 설무백은 독이수룡 장손무길이 죽은 직후에 쾌활림을 떠났다.

그에 비추어서 따져 보면 전생과 환생한 이후의 시간 차이가 대략 그 정도였다.

단적으로 말해서 지금 그는 전생이었다면 십여 년 후에 벌어질 일을 미리 겪고 있는 셈인 것이다.

그런데 재미있는 사실이 하나 있었다.

전생의 그가 아는 바에 따르면 독안귀룡 위경의 무위는 쾌활림 내에서 손꼽히는 수준이었다.

그뿐 아니라, 지금 위경을 수행하고 있는 청살귀와 음산삼마, 그리고 사멸살신대의 대주인 귀안귀수 상악과 예하의 대원들인 자영오살의 무위도 쾌활림의 상위 서열을 차지한 고수들이었다.

그러나 이상하게도 지금의 그들은 전혀 그런 느낌이 들지 않았다.

아무리 봐도 지금의 그들은 전생의 그들과 비교할 수조차 없을 정도의 하수로 보이고 있었다.

게다가 무엇보다도 이상한 것은 그들 중 누구에게도 마공을 수련한 증거인 마기가 느껴지지 않는다는 사실이었다.

'당최 뭐가 어떻게 돌아가는 건지……!'

지금의 그가 전생과 비교할 수 없을 정도로 엄청난 경지를 이루어서 눈이 높아진 까닭에 그저 느낌만 그런 것일까?

아니, 어쩌면 십여 년이라는 세월이 만드는 차이일 수도 있었다.

전생의 경우를 따지면 지금 겪고 있는 이 일은 십여 년 후의 그가 겪는 일인 것이다.

'확인해 보면 알겠지!'

설무백이 그렇게 마음을 다잡는 참인데, 마침 부적산과 위경이 형식적인 인사를 끝내며 탁자를 마주하고 앉았다.

다들 뒤에 시립하고 그들, 두 사람만 마주앉은 것이다.

설무백은 그 순간에 아무렇지도 않게 나서서 부적산의 곁에 자리를 잡았다.

위경이 어이없다는 표정으로 설무백을 바라보았다.

"뭡니까, 얘는?"

일그러진 그의 눈은 설무백을 보고 있지만, 질문은 부적산에게 건네는 것이었다.

부적산이 그걸 모를 리 없음에도 선뜻 대답하지 못하며 곤혹스러운 표정을 지었다.

그 역시 내내 아무런 말이 없던 설무백이 이렇듯 느닷없이 자리를 잡고 앉을 줄은 몰랐던 것이다.

설무백은 상관하지 않고 말문을 열었다.

"각설하고 말하도록 하지. 지금부터 내가 몇 가지 물을 거야. 그러니까 묻고 답하는 내 용건이 다 끝날 때까지 아무도 움직이지 마. 움직이면 가차 없이 죽일 테니까. 특히 당신······!"

그의 시선이 뒤쪽의 벽에 늘어선 자영오살과 함께 서 있는 귀안귀수 상악에게 돌려졌다.

"절대 움직이지 마. 당신은 여기 다른 애들과 달리 죽어도 마땅한 짓은 안 해서 하는 말이야."

그는 말미에 빙그레 웃는 낯으로 좌중을 둘러보며 확인했다.

"어때? 다들 할 수 있지?"

잠시 침묵이 감돌았다.

그리고 이내 삭막하고 원색적인 욕설이 튀어났다.

"야, 이 미친 새끼야! 감히 어느 안전이라고 이 따위 개지랄을······! 지금 죽고 싶어서 환장했냐?"

욕설을 뱉은 사람은 위경의 뒤에 시립해 있던 네 사람 중하나인 중늙은이 청살귀였다.

대략 육십 대로 보이는 청살귀는 호리호리하게 마르고 작은 체구였지만, 그것이 허약함의 표시는 아니었다.

종종 그런 왜소함에 속은 강호의 고수들이 허무한 죽임을 당하곤 했을 정도로 청살귀는 강했고, 무엇보다도 흉포한 사람이었다.

지금도 그랬다.

아니, 처음부터 그랬다.

설무백은 그의 외모에 속지 않았다.

가늘게 찢어진 눈매에서 새어 나오는 그의 싸늘한 눈빛에서 필요하다면 얼마든지 잔인해질 수 있는 그의 본색을 정확히 읽고 있었다.

전생의 기억을 통해서 얼굴과 목, 손 등 밖으로 드러난 피부를 제외하면 옷가지로 가려진 청살귀의 온몸이 크고 작은 흉터로 가득하다는 것까지 기억하는 그가 그것을 잊을 수는 없는 것이다.

'쾌활림 서열 이십삼 위의 고수!'

그러나 그 모든 것이 무용지물이었다.

적어도 지금의 설무백에게는 그랬다.

설무백은 아무런 사전 동작도 없이 불쑥 손을 내밀어서 발끈 하고 나선 청살귀를 가리켰다.

그저 나대지 말고 가만히 있으라는 손짓으로 보였으나, 실제는 그게 아니었다.

"……!"

청살귀는 급히 상체를 옆으로 비틀었다.

자신을 가리키는 설무백의 손끝에서 보이지 않는 경력이 쏟아져 나오는 것을 느낀 것이다.

하지만 이미 늦었다.

그가 상체를 비튼 것은 보이지 않는 경력이 이미 그의 가슴을 때린 다음이었다.

퍽-!

둔탁한 타격음이 터졌다.

애써 상체를 비틀려는 청살귀의 가슴에서 작렬한 타격음이었다.

청살귀는 가슴이 거대한 몽둥이로 두들겨 맞은 것처럼 뻐근하다고 생각했다.

사실은 가슴이 으스러진 것처럼 아파서 그런 느낌이 들었던 것인데, 숨이 턱 막혀서 신음은커녕 호흡도 이어지지 않았다.

그리고 이내 찾아온 암전, 그대로 정신이 끊어져 버렸다.

죽음이었다.

졸지에 펼쳐진 설무백의 무극신화지는 그가 감당하기에는 너무 버거운 무공이었던 것이다.

쾌당-!

청살귀가 사정없이 옆으로 쓰러지고, 바닥이 대번에 피로 물들었다.

가슴을 뚫고 들어가서 등까지 관통해 버린 청살귀의 상처에서 뒤늦게 뿜어져 나온 핏물이었다.

장내의 그 누구도 예측할 수 없었던, 그야말로 졸지에 벌어진 사태 앞에서 일시지간 장내가 침묵에 빠졌다.

누구도 움직이거나 말을 하지 않았다.

워낙 갑작스러우면서도 전광석화처럼 빠르게 벌어진 일이라 다들 사태를 인식할 시간이 필요했던 것이다.

다만 정작 사태를 일으킨 당사자인 설무백은 전혀 그렇지가 않았다.

그래서 혼잣말을 중얼거렸다.

"실수했군."

후회로 들렸다.

사람을 죽였다는 죄의식의 자책으로 들리는 것이다.

하지만 실제는 전혀 그렇지가 않았다.

후회하며 자책하는 것은 맞지만, 죄의식 따위는 전혀 없었다. 그의 후회와 자책은 청살귀의 죽음에 있지 않고, 그 죽음의 방법에 있었기 때문이다.

기실 설무백이 무극신화지로 청살귀의 가슴을 노렸던 것은 전생의 기억에 따른 행동이었다.

즉, 머리를 노리면 피할 수도 있다고 생각했다.

머리는 적의 공격에 가장 민감하게 반응하는 곳이고, 청살귀라면 그로 인해 피할지도 모른다고 생각해서 넓은 표적인 가습을 노렸던 것이다.

그가 가진 전생의 기억에 따르면 청살귀의 무력은 전날 그가 상대해 본 천사교의 백팔사도와 비등한 수준이었기 때문이다.

그런데 아니었다.

혹시 그의 기억이 왜곡되어 있는 것일까?

아니, 어쩌면 그가 아직도 여전히 자신의 무력을 평가절하하고 있는 것인지도 모른다.

청살귀의 무공은 천사교의 백팔사도보다 아래였다.

그는 청살귀의 무력을 과대평가했고, 그것을 깨닫는 순간 쓸데없이 가슴을 노린 것을 후회하며 자책했던 것이다.

괜히 그 바람에 보기 싫은 피를 더 많이 보게 되지 않았나 말이다.

그러나 그런 설무백의 사정과는 무관하게 죽음과 같은 정적속에 완전히 멈추어진 것 같던 장내의 시간이 그의 그 한마디로 인해 다시 흐르기 시작했다.

가장 먼저 반응한 것은 역시나 거만한 자세로 설무백과 마주하고 앉아 있던 위경이었다.

"……놈!"

한쪽 의자걸이에 몸을 기댄 자세로 앉아 있던 위경이 하나뿐인 눈에 살기를 드높이며 식탁에 올려놓고 있던 한 손을 당겼다.

정신을 차리기 무섭게 칼을 뽑으려고 반응한 것이다.

하지만 그는 칼을 뽑을 수가 없었다.

그와 거의 동시에 내밀어진 설무백의 손이 탁자를 벗어나려던 그의 손을 눌렀기 때문이다.

"헉!"

위경은 절호 헛바람을 삼켰다.

단지 손바닥으로 누르고 있을 뿐인데, 그의 손은 탁자에 붙어서 옴짝달싹도 하지 않았다.

마침 그 순간에 음산삼마와 그 뒤에 벽을 따라 시립해 있던 귀안귀수 상악을 비롯한 자영오살이 움직였다.

하지만 그들은 누구 하나 위경을 돕지도 못했고, 설무백을 공격하지도 못했다.

그들보다 먼저 행동을 개시한 사람들이 있었기 때문이다.

요미와 공야무륵, 흑영, 백영이 바로 그들이었다.

서걱-!

종이나 천조각 따위가 무언가를 스치는 듯한 소음이 일어났다. 허리의 칼을 잡아가는 음산삼마의 뒤에서 요미의 모습이 나타난 것도 그와 동시였다.

그리고 다음 순간!

"……!"

음산삼마가 새파랗게 굳어지는 낯빛으로 저마다 허리의 칼자루를 잡아가던 손을 들어서 자신의 목을 감쌌다.

목을 감싼 그들의 손가락 사이로 붉은 핏줄기가 뿜어져 나왔다.

결국 그들은 누가 먼저랄 것도 없이 동시에 두 눈을 까뒤집으며 쓰러졌고, 그 바람에 그들의 뒤에 있던 요미의 온전한 모습이 드러났다.

아무것도 없는 허공에 두둥실 떠 있는 요미의 손에는 무림십대 흉기의 하나인 혈마비가 피보다 더 붉은 서슬을 요사스럽게 빛내고 있었다.

그녀는 음산삼마가 움직이는 것을 보고 나섰으나, 그들이 미처 칼을 뽑기도 전에 혈마비를 뽑아서 그들의 목을 베어 버렸던 것이다.

그리고 그 순간에 음산삼마와 함께 반응했던 귀안귀수 상악은 통나무처럼 뻣뻣하게 서서 경악과 불신의 눈빛으로 공야무륵을 바라보고 있었고, 자영오살은 음산삼마와 마찬가지로 신음조차 내지 못하고 목에서 피를 뿌리며 고꾸라지고 있었다.

공야무륵과 흑영, 백영의 솜씨였다.

요미가 음산삼마의 목을 베어 버리는 순간에 움직인 공야무륵은 어느새 뽑아 든 도끼를 상악의 목에 대서 꼼짝도 못하게 만들어 버렸으며, 귀신처럼 홀연히 모습을 드러낸 흑영과 백영은 그사이에 미처 칼을 뽑기도 전인 자영구살의 목을 베어 버렸던 것이다.

"정말 사람 못 믿네."

설무백은 자신의 손바닥에 눌린 손을 빼내려고 안간힘을 다하고 있다가 굳어진 위경과 넋이 나간 모습인 상악을 쓸어 보며 실소했다.

그리고 이내 싸늘한 모습으로 원색적인 경고를 날렸다.

"한 번 더 기회를 주지. 허락 없이 움직이지 마. 움직이면 죽는다."

대답하는 사람은 없었다.

대답하고 싶어도 대답할 정신이 없을 터였다.

그들, 두 사람만이 아니라 부적산을 위시한 흑선궁의 인물들도 혼백이 쏙 빠져나간 듯한 모습들이었다.

설무백은 그에 아랑곳하지 않고 손바닥으로 누르고 있던 위경의 손을 슬며시 놓아주었다.

쿵-!

위경이 무의식중에 여전히 손을 당기고 있었던 듯 상체를 뒤로 휘청하며 물러나 앉았다.

요미 등의 신위와 설무백의 기세에 완전히 압도당한 듯 그는 반항할 엄두조차 내지 못하고 있었다.

상악도 풀려났다.

공야무륵이 설무백의 말과 동시에 그의 목에 대고 있던 도끼를 거두었다.

설무백은 의자의 등받이에 등을 기대고 눈동자가 불안하게 흔들리는 위경을 주시하며 말했다.

"약속한다. 내가 묻는 말에 솔직하게 대답해 주면 이 자리에서 내가 너를 죽이는 일은 절대 없을 거다."

"......!"

위경이 반신반의하는 눈빛으로 설무백을 바라보았다.

설무백은 그의 생각을 읽고는 다른 말이 나오기 전에 냉담하게 먼저 다시 말했다.

"믿어도 좋아. 언제 어느 때고 너 하나 죽이는 건 일도 아닌 내가 굳이 약속을 깰 이유가 어디에 있겠냐."

누가 들어도 무시고 멸시라 자존심이 상해서 울화가 치밀 이 말에 위경의 두 눈은 생기가 돌았다.

다른 건 다 집어치우고 그저 살 수 있다는 것에 희망을 품은 눈빛이었다.

'역시 쓰레기!'

설무백은 속으로 욕했다.

전생의 위경이 흉포하고 잔인한 성정을 얼마나 철저히 숨기고 살던 위선자인지 익히 잘 아는 그인지라 혹시나 하고 한번 떠 봤더니만 이 생의 위경도 여지없이 같았다.

그는 절로 한층 더 냉정해져서 물었다.

"자, 그럼 시작! 네 사형인 장손무길은 언제 죽었냐?"

위경의 눈이 커졌다. 적잖게 놀란 기색이었다.

아직 장손무길의 죽음이 대외적으로 알려지지 않은 사실이라는 뜻이었다.

이내 무심결에 흘러나온 듯한 그의 말이 그것을 대변했다.

"당신이 어떻게 그걸……?"

설무백은 싸늘하게 다그쳤다.

"내가 원하는 대답은 그게 아닌데?"

위경이 퍼뜩 정신을 차린 표정으로 급히 대답했다.

"사형이 언제 죽는지는 나도 모르오. 얼마 전에 죽었다는 얘기만 전해 들었소."

"누가? 그리고 얼마나 얼마 전에 들은 얘긴데?"

"구양 군사가, 그러니까 독심광의 구양보 어른이 해 준 얘기이고, 들은 지는 대략 석 달 전이오."

설무백은 의지와 무관하게 절로 미간을 찌푸렸다.

독심광의에게 석 달 전에 들은 얘기라면 최소한의 시간이 석 달일 뿐, 정확히 언제인지는 알 수 없다는 소리였다.

그가 아는 독심광의 구양보는 그랬다.

사실을 사실로 드러내는 경우가 거의 없는 사람이었다.

그래서였다.

그는 불쑥 위경의 뒤에 서 있는 상악에게 시선을 주며 물었다.

"당신은 그에 대해서 뭐 들은 거 없어?"

"……?"

위경이 어리둥절해하는 가운데, 상악이 적잖게 당황하며 말을 더듬었다.

"나, 나는 삼공자의 수족이요. 삼공자의 수하요. 삼공자가 모르는 일을 수족인 내가 어찌 알 것이라고 그런……!"

"까불지 마!"

설무백은 싸늘하게 잘라 말했다.

"나는 사도진악이 어떤 사람인지 그 누구보다도 잘 아는 사람이다. 그는 설령 상대가 자신의 제자라고 해도 무작정 자신의 수하를 내줄 사람이 절대 아니다. 최소한 수시로 보고는 하라고 했을 테고, 그럼 사도진악과 자주 만났을 테니 뭔가 들은 게 있을 거 아냐?"

"……!"

상악이 귀신에 홀린 표정으로 설무백을 바라보았다.

누가 봐도 부정이 아니라 대체 그걸 어떻게 아느냐는 식의 불신과 경악의 눈빛이었다.

설무백은 그런 그에게 냉소를 날리며 싸늘하게 한마디 더 경고했다.

"참고로 당신이 거짓을 고해도 여기 이 친구는 죽는다!"

공야무륵이 기다렸다는 듯이 도끼를 빼 들고 위경의 곁에 서서 누런 이를 드러내며 히죽 웃었다.

상악이 진땀을 뻘뻘 흘리며, 그리고 애써 위경의 시선을 피하며 대답했다.

"그렇기는 하오만, 본인 역시 그에 대해서는 아는 바가 그

천외천의
주인

리 많지 않소."

설무백은 짧게 재촉했다.

"아는 것만 말해."

상악이 말했다.

"내가 그 사실을 들은 건 다섯 달 전이오. 이공자의 죽음에 대해서 내가 아는 건 그게 다요."

설무백은 역시나 그럴 줄 알았다는 표정으로 고개를 끄덕였다. 그리고 문득 손뼉을 쳐서 분위기를 쇄신하고 위경과 상악을 번갈아 보며 말했다.

"자, 그럼 마지막 질문! 쾌활림이, 아니, 사도진악이 이렇게 부약운에게 집착하는 이유가 대체 뭐야?"

위경도, 그리고 상악도 선뜻 대답하지 못하고 머뭇거리며 서로 눈치를 보았다.

쾅–!

설무백은 거칠게 탁자를 쳤다.

"그래, 그냥 죽어라!"

벼락처럼 갑작스럽게 터진 소음에 놀라서 절로 자라목이 되어 버린 위경이 화들짝 놀라며 말했다.

"구음지체(九陰之體)요! 그녀가 구음지체이기 때문이오!"

다음 권으로 이어집니다

꿈의 도약, 로크에서 하십시오
(주)로크미디어에서 신인 작가를 모십니다

즐거운 세상, 로크미디어는 꿈을 사랑하고 도전을 두려워하지 않는 작가 분들의 참신한 작품을 기다리고 있습니다. 21세기 장르 문학계를 이끌어 갈 차세대 선두 주자 (주)로크미디어에서 여러분의 나래를 활짝 펴 보시길 바랍니다.

모집 분야 판타지와 무협을 포함한 장르 문학
모집 대상 아마추어 작가, 인터넷 작가
모집 기한 수시 모집
작품 접수 시 유의 사항
  1. 파일명은 작가명_작품명.hwp형식을 갖춰 주십시오.
  1. 파일에 들어갈 내용은 다음과 같습니다.
     – 성명(필명인 경우 실명을 밝혀 주세요), 연락처, 이메일 주소
     – 제목, 기획 의도
     – A4용지 1장 분량의 등장인물 소개
     – A4용지 2장 분량의 전체 줄거리
     – 본문
  1. 작품이 인터넷에 연재되고 있다면, 게시판명과 사이트의 구체적이고 정확한 주소를 기재해 주십시오.

선택된 작품은 정식 계약 후 출판물로 간행되어 전국 서점에 유통됩니다.
작가 분은 (주)로크미디어의 전폭적인 지원하에 전속 작가로 활동하시게 됩니다.
※ 자세한 내용은 로크미디어 홈페이지(rokmedia.com)를 참조하세요.

(03920)서울시 마포구 성암로 330 DMC첨단산업센터 3층 318호
(주)로크미디어 편집부 신간 기획 담당자 앞
전화 : 02) 3273-5135
www.rokmedia.com   이메일 : rokmedia@empas.com

만렙닥터

13월생 현대 판타지 장편소설

리턴즈

인생 2회 차 경력직 신입
칼솜씨도, 인성도 '만렙'인 의사가 돌아왔다!

만성 인력난에 시달리는 흉부외과에 들어온 인턴
메스도 잡아 본 적 없는 주제에
죽을 생명을 여럿 살려 내기 시작한다?

"이 새끼, 꼴통 맞네."
"죄송합니다."
"잘했어!"
"네?"

출세만을 좇으며 살았던 전생
이렇게 된 이상 인생도 재수술 한번 가자!

무대뽀(?) 정신으로 무장한 회귀 의사
이제부터 모든 상황은 내가 집도한다!

南魔宮帝 남궁마제

문운도 신무협 장편소설

**회귀한 뇌왕, 가족을 지키기 위해
정파의 중심에서 제대로 흑화하다!**

세상을 뒤집으려는 귀천성에 맞서 싸우다
가족을 모두 잃고 제물로 바쳐진 뇌왕 남궁진화
마지막 순간 원수의 뒤통수를 치고 죽으려 했으나
제물을 바치는 진법이 뒤틀리며 과거로 회귀하다!?

남궁세가의 양자가 된 어린 시절로 돌아온 후
귀천성이 노리는 자신의 체질을 연구하다 기연을 얻고
회귀 전과 다른 엄청난 미모와 함께
뇌전의 비밀마저 알아내 경지를 뛰어넘는데……

**가족들에게는 꽃처럼 사랑스러운 막내지만
적이라면 일단 패고 보는 패악질의 끝판왕!
귀천성 패려잡기에 나서다!**